処刑少女の生きる道9
バージンロード
—星に願いを、花に祈りを—
Story by Sato Mato 佐藤 真登
Art by Nilitsu イラスト ニリツ
JN131631

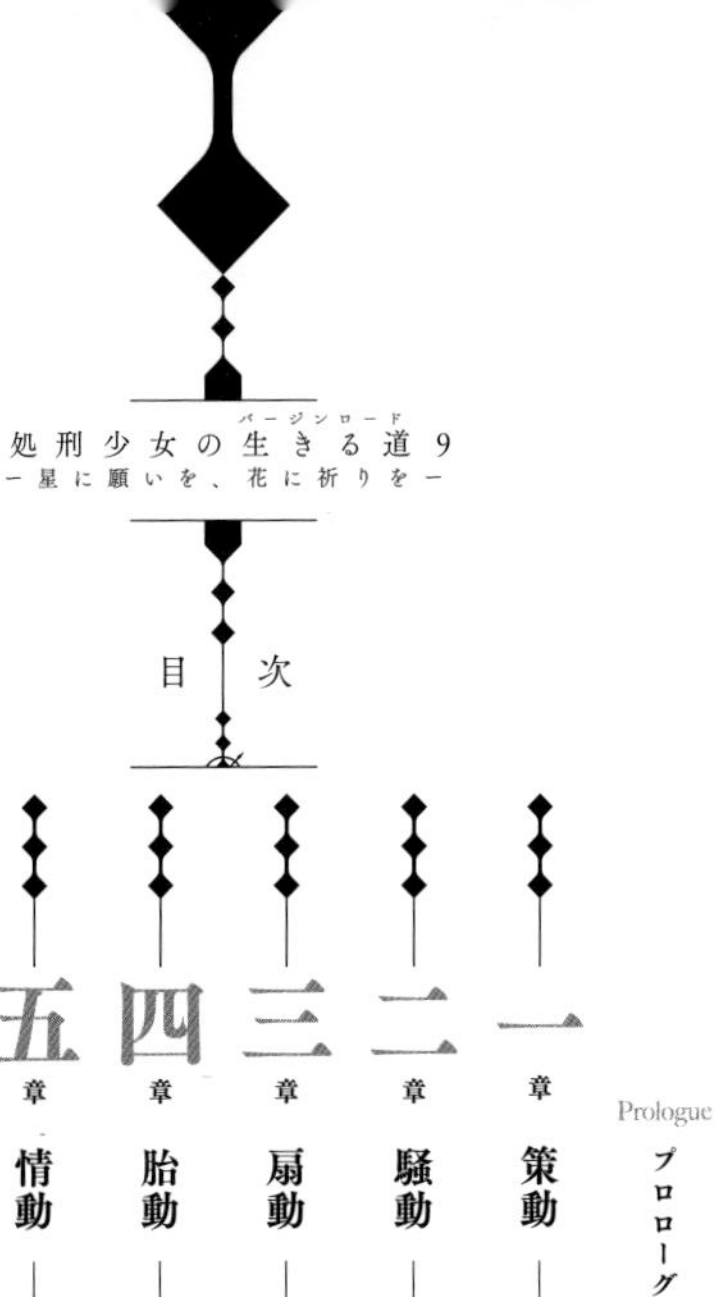

処刑少女の生きる道（バージンロード）9
―星に願いを、花に祈りを―

目次

Contents

Story by Sato Mato　Art by Nilitsu

モモ
異端審問官。

メノウ
元
処刑人。

処刑少女の生きる道(バージンロード)9

—星に願いを、花に祈りを—

佐藤真登

GA文庫

カバー・口絵・本文イラスト
ニリツ

Prologue
プロローグ

——助けて。

その声に応(こた)えたのが、白上白亜(しらかみはくあ)が勇者と呼ばれるようになった理由のすべてだった。

大切な人がいる。帰りたい場所がある。どうしても、叶えたい願いがある。

だから、助けて。

共感できる思いを受け取って、彼女は時代を駆け抜けた。

その身が、深く沈むまで。

取り返しがつかないと自覚しても、なお助けた。

そうして、どうしようもなく取り返しがつかなくなった彼女は。

第一身分(ファウスト)の『主』シラカミ・ハクアとなった。

「……」

シラカミ・ハクアは無言で流れる景色を眺めていた。

彼女が乗車しているのは、第一身分(ファウスト)の中でも高位の神官のみが動かせる専用列車である。主に大司教が移動する時に運行されるものだ。本来ならば『龍門』と呼ばれる古代遺物につながり空間転移による超長距離の移動を可能としていたが、その経路は途絶えてしまった。いま走行しているのは、ただの導力列車である。

ハクアが着ている服は、セーラー服だ。場違いだとしか言えないのはわかっていても、この制服を脱ぐことができなくなっていた。

西彫学園高校。それは、ハクアが覚えている数少ない自分の居場所の記憶だ。

用意された食事や飲み物には、手を付けていない。それどころか、睡眠すらとっていなかった。

体が人間離れするにつれて、心も人間らしさを失っていくことに気がついたのは、いつだっただろうか。

半世紀ほど生きた頃だったか、百年を経た時だったか、少なくとも五百年前にはとっくに悟っていたはずだ。

そうして千年経っても、まだ人間であることにしがみついている。

「……笑える」

窓ガラスに映る顔が、自嘲を浮かべる。

これから必要になる記憶だけを補充して、ハクアは人知れず聖地を発った。

その際に大陸の人々の記憶を収納していた施設『星の記憶』は破壊してある。万が一、誰かが近づこうともなにも残っていない。もともと誰にも知られていない施設だ。なくなったことに気が付いた人間すらいないだろう。

二度と、戻るつもりはなかった。

自分と同じ顔をした、自分とは違う人間の顔が思い出される。

この時代に召喚されるアカリと出会い、彼女と過ごすことで自分の器とするために造った、自分の複製体。メノウと名前を付けて活動をしている少女だ。

メノウの肉体でアカリと導力の相互接続を果たして魔導的に同一人物となることで、一人にしか使えない異世界送還陣の条件の裏をかくはずだった。

聖地にたどり着いたアカリの記憶を【漂白】しメノウの肉体を手中に収めかけながら、『陽炎（フレア）』の裏切りによってメノウはハクアの手を逃れた。いまはハクアが放った追っ手であるミシェルから逃れるため、『絡繰り世（からくりよ）』に入ったという。

その直前にハクアは自分の複製体であるメノウと会話を交わし、すぐに聖地を出立した。

この世界と日本のある世界をつなぐ『星骸（せいがい）』の準備が間もなく整うことを確信したからだ。

「あと、少し」

千年の悲願が、ようやくかなうのだ。

明るい未来の展望を思い浮かべようとして、心が少し弱気になる。

「そのはずだよね、廼乃（のの）」

なぜ、硒乃はあの時、アカリの召喚を予言したのだろうか。

千年前に一緒に活動をした少女、星崎硒乃。

未来を見据える【星】の純粋概念。両眼に星型の導力光を宿したかつての友人の顔を思い出そうとして、できなかった。

ハクアにとって千年前の記憶は、すでに情報でしかなかった。名前は憶えている。情報も知っている。けれども声が思い出せない。顔も靄がかっている。幾度となく交わした会話も思い出せない。

数百年。可能な限り、誰とも交流しないようにして、それでも記憶は摩耗していく。くしゃりと顔が歪む。

助けてと言われて受け入れて、救ってくれと言われて受け入れて、お願いですと縋られては受け入れた。

自分と受け入れた誰かの境界があいまいになっても、ずっと、受け入れ続けた。

元の自分が、わからなくなるほど混濁しても、構わずに。

「大丈夫……この世界でのボクは、ぜんぶ、ここに置いていく」

そうして、帰るのだ。

アカリと一緒に、日本へ。

この世界のすべてを忘れて、自分たちがいなくなったあの日に、戻る。

そのために、生き延びた。

「そのはず――」

ぐるぐると混迷を始めた思考を独り言で締めくくろうとした時に、列車が止まった。

目的地に着いたのだ。

グリザリカ王国。その王都である。

大陸屈指の都市だ。

ひっそりと人通りの多い駅に降り立ったハクアは、迎えに来た人物の姿に眉をひそめた。

「……はじめまして？」

「いいや、ハクア。直接会うのは、久しぶりだな」

赤みがかった金髪の持ち主が、威風堂々とハクアに笑いかけた。

策動

空間の穴を抜けると、そこは三つの色が散らばる荒野だった。

視界が開けたメノウの眼前に、生命の気配がない砂と岩の荒野が広がっている。三色の鉱石が無秩序に落ち、ところによっては生物の形を真似(まね)て変性している鉱石から、気化しているかのような煙が立ち上っていた。

無色なはずの空気にすら色が渦巻く世界。北大陸の中央部にあった空間の穴を抜けた先にあるのは、人の世界とは違うと一目で思い知らせる三色の光景だ。

一歩踏み出すと、メノウの足裏で、ぱきんと硬質な音を立てて色が砕ける。

この脆(もろ)くも美しい鉱石が、原色の輝石だ。

第一身分(ファウスト)によって、大陸では禁忌とされている素材が当たり前のように存在している。世界をつくれるという原色概念の基本素材が、ここでは自然発生するからだ。

『絡繰(からく)り世(よ)』。

単色として発生した原色の輝石は気体となって混ざり合うことで二色になる。ごくごく稀に三色が混ざり合うことで、新たに世界が広がる。世界の災厄(さいやく)として魔導兵を生み出し続ける

【器】の人災(ヒューマン・エラー)が生んだ世界では、その末端ですら色に満ちている。

　呼吸をためらいそうなほど色に満ちた中、大きな深呼吸をする人影があった。

「ぷっはー！」

　褐色の肌をした抜群のプロポーションの女性である。縦縞模様のスラックスに短いジャケットを羽織った服装は、グラマラスな体つきの彼女によく似合っていた。

　アビリティ・コントロール。

　アビィという愛称で呼ばれている彼女は、遺跡街(いせきがい)での戦闘直後で汚れた状態のメノウたちの中にあって、大きく深呼吸してイキイキと瞳(ひとみ)を輝かせている。

「あーっ、久しぶりに息をしたよぉ！」

　両手をバンザイして天を仰ぎ、全身で喜びを表現している。成熟した外見とは裏腹に稚気(ちき)のある彼女の行動にメノウが苦笑を漏(も)らす。

「大げさね。いくらなんでもそこまでじゃないでしょう」

「本当、それ」

　メノウが栗毛のポニーテールを揺らしながら指摘すると、胸元に三つの穴を空けたワンピースに白い着物を羽織った幼い少女が賛同する。

「息しなかったら死ぬでしょ。こうして生きてるんだから、そこまでのものじゃなかったのよね？　いちいち大げさなこと言って、かまってちゃんよね」

「わかってないなぁ、このお子ちゃま」

舌鋒（ぜっぽう）鋭いマヤの指摘にアビィはやれやれと肩をすくめる。

「それくらいの差があるってニュアンスを伝えたかったの。私たちからすればさ、いままでいた世界って食事の文化が違うようなものだよ？　故郷の味なんだよ、ここは！　空気が違うの、空気が！」

　ぐっと握（にぎ）り拳（こぶし）を作ってアビィは力説する。メノウたちにはさっぱりわからないが、魔導兵なりの感覚があるのだろう。

「あ、ちょっと空気に色がついてるけど害とかないから、気を楽にしてね。特に妹ちゃん！」

「嘘（うそ）だぁ」

『絡繰り世』に入るなり口元に手を当てて呼吸を浅くしていた銀髪の少女、サハラが眉（まゆ）をひそめる。

「私、ここと似たようなとこで色を吸いすぎて頭おかしくなったわ。絶対に有害のはずよ。騙されないわ」

　修道服を身につけているサハラは、ほんの一年前までは立派に神官の一歩手前である修道女をしていた。第一身分（ファウスト）になるための一環で『絡繰り世』での戦闘に従事していた彼女だが、精神汚染を受けて第一身分（ファウスト）を裏切り、メノウに襲いかかって返り討ちにあったという過去を持つ。

「あははは。大丈夫大丈夫。入ってくる人類を片っ端から精神汚染してた魔導兵、もういないから。基本的に、原色魔導って人体には無害なの。のべつまくなしに侵食する原罪概念とは違うんだよ！」

引き合いに出されたマヤが口元を引きつらせる。

「そりゃさ。やろうと思えばもちろん呼吸で体内に蓄積した原色に干渉して精神汚染はできるけど、そんなことしないよっ。あはははは！」

いつもよりテンションが高いアビィが、無意味に笑い声を響かせる。残念なことに、メノウから見てもサハラの懸念が解消した様子はなかった。

大陸東部にある出入り口と接していた『絡繰り世』の境界で人類を襲い続けていた三原色の魔導兵は、もういない。数ヶ月前にグリザリカ王国にいた頃に、メノウがアビィと協力して討伐した内の一体である。

基本的に人類に友好的なスタンスのアビィは、白夜の空を背景にして、ぱっと両手を広げる。

「ようこそ、我らが生まれ故郷『絡繰り世』に！　ここが十三区の外縁部。つまり私の空間の端っこだよ！」

「ふーん」

適当に相槌を打ったマヤが、そこらに落ちている原色の輝石を拾い上げる。小さな手の中に収まった真っ青な石は、マヤがただ触っただけで変質して謎の肉塊になった。

「ぎゃー!?　なにやってんのなにやってんの！」

「べっつにー？　あたしはただ綺麗な石を拾ってるだけよ？」

　奇妙な肉塊はマヤの手の中でもぞもぞと動いて小さな魔物へと変質する。それを確認したマヤは、ひょいっと次の石を拾う。

「魔導使わないでも魔物増やせて、すごくお得だなーとか考えてないもん。……そう考えると、案外いいところね、ここ」

「やめてよ！　私たちにとっては魔物って人間でいうガン細胞みたいなものなんだからっ。変なもの増やさないでよぉ！」

　悲鳴混じりのアビィの訴えは大袈裟ではない。

　原色の素材は、原罪概念に触れただけで魔物に変化してしまう。このまま放っておいたら魔物が際限なく増えて、空間の維持すらできなくなる。割と致命的である。

「はいはい。そのあたりにしときましょ」

　アビィに構わずひょいひょいとそこらに転がっている三原色の輝石を拾い上げていくマヤを、サハラが抱える。

「むう、せっかくの生贄確保の機会なのに」

　不満げなマヤの足が宙に浮く。分類不明の小さな魔物は、てこてこ歩いてマヤの影の中に入っていった。世界をつくれると称される素材も、原罪魔導にとってみればあまりにも一方的な侵食対象でしかないという、絶対的な魔導相性を感じる光景である。

「このお子ちゃま……！　ていうか、あんまりゆっくりしていられる状況でもないからふざけてる時間ももったいないよ。そうでしょ、メノウちゃん」

「そうね……」

アビィの言う通りである。

メノウたちは、北大陸で獲得目標としていた『星骸（せいがい）』の管理者権限を得るために必要なものを手に入れた。

だが同時に、追い立てられてここに逃げ込んだのだ。

間もなく追撃してくるだろう人物の名を、マヤが口にする。

「……ミシェル」

その名前が出ただけで、場に緊張が走る。

ハクア直轄（ちょっかつ）の部下であり、最強の敵だ。何度か交戦したものの、いまだに力の底すら掴（つか）めていない。

「そうよそうよ。とりあえず、早く逃げましょうよ！」

拳を振り上げて強弁しているサハラは危険から遠ざかりたい一心で急かしているのだろうが、実際問題としてミシェルはまともに戦ってはいけない相手だ。これまでも、正面戦闘は避けてきた。できるだけ相手が力を発揮できない場所を選び、その上で逃げの一手を選び続けた。

だが今回は逃げるにしても問題がある。

「待ち伏せたほうが、よくない……？」

サハラとは逆に迎え撃とうというマヤの意見にも一理ある。

『絡繰り世』という土地柄、ここはアビィが本領を発揮できる。【器】の人災が生んだ彼女たち魔導兵ならば、古代文明が生んだ【龍】の模倣であるミシェルとも対等に戦える可能性もある。

延々逃げるよりも、ここでミシェルとの決着をつけるというのも手だ。

「待ち伏せねぇ。そりゃ、『絡繰り世』はおねーさんのホームグラウンドだし、それに加えてメノウちゃんが純粋概念をフルに使えば勝算はあるかもしれないけどさ……これ、守りながら戦うのは無理だよ」

アビィが軽くこんこんと巨大な建築物を叩く。

千年前の超文明に作られた古代遺物、環境制御塔の一部だ。

近距離では全容が視界に収めきれないほど大きいこれこそが、北大陸でメノウたちが苦労して獲得した戦果であり、四大人災『星骸』の管理者権限を得るために必要なものである。

ミシェルは間違いなく環境制御塔を壊しにかかる。下手をすれば、メノウたちの命よりも『星骸』に干渉できる環境制御塔の破壊を優先するだろう。

それにゲノムや万魔殿との戦闘から、ほとんど連戦になってしまう。向こうは万全に近い状態であることを考えると、あまりにも不利な要素が重なっていた。

「でも、逃げるにしても、こんなの持ってけないでしょ」

「捨てる？　ここに置いておけば時間稼ぎにもなるわ」

「なんのために遺跡街で苦労したと思ってるのよ……」

「大丈夫だよ。ここが誰の空間だと思ってるのかな？」

マヤの懸念を解決するために話し合っている中で、ふふーんとアビィが胸をそびやかす。

「心配ご無用。年長者のクズどもを駆逐（くちく）したいま、『絡繰り世』はもはや私のホームグラウンだよ！　この空間内部だったら、大概のことは可能だからね！」

「ごめん。そもそも空間が誰かのものっていう意味が、もうよくわかんない」

「ああ、そっか。普通の人にとっては、わかんないんだっけ」

感覚で原罪概念を扱えてしまうからこそ魔導に疎（うと）いマヤの疑問にアビィが、ぽんと手を打つ。

わざわざマヤの疑問を解く気がなさそうなアビィに代わり、メノウが説明を引き継ぐ。

「三原色の魔導兵っていうのは、原色魔導で構築された、意思のある魔導空間のことを指すのよ。誰かが所有している空間、っていう意味じゃなくて、この空間そのものに意思があるの」

「それって、つまり……」

嫌そうな顔をしたマヤがアビィを指差す。

「いまあたしたちって、アビィの中にいるってことなの？」

「そういうことよ」

「え？　じゃあ、あたしたちの目の前にいるのは？」

「意思疎通、もしくは遠距離用の端末。本体じゃないのよ、ここにいるアビィは」

「だよー。体ないと、人間とコミュニケーション取れないでしょ？　だから空間の中にある原色の輝石を使って精神だけ繋げる端末を作るんだよ、私たちは」

本質的には端末でしかないアビィは何度壊されようが、すぐに体を補充できるのである。

『絡繰り世』を分ける区とは、すなわち、三原色の魔導兵の本体である空間生命体がいる場所を示すのだ。

「あー……メノウがなんかアビィに冷たい理由がわかった」

目の前で話をしていても、本人はそこにいないのだ。よそよそしくなっても仕方ないとマヤが納得する。

ちなみにメノウはシンプルにアビィのことを信用できなかっただけである。

「そんなことないもん。メノウちゃんの信頼は、この間に獲得したもんね」

「うん、まあその通りなんだけど……改めて言われると、ちょっとうっとうしいわね」

「うっとうしくないよっ。それに妹ちゃんは別に冷たくないよね？　ね？」

「………………」

「妹ちゃん⁉」

「いいから早く移動して、アビィ。サハラはほら、あれよ。恥ずかしがり屋だから、照れているのよ」

「むう……わかったよぉ。いまいる場所を中心部に切り替えるね」

「……」

サハラから目を逸らされているアビィが、メノウの要請にしぶしぶ魔導行使をする。

『導力：素材併呑――三原色ノ理・原色擬似概念――』

導力光が、周囲の空間から発生して三次元の幾何学模様を刻む。目の前のアビィではなく、メノウたちがいる空間そのものが魔導構成を編み込んでいく。

『起動【十三区：接続：中心区】』

メノウたちの周囲の景色が、切り替わった。


モモが空間にできた導力のトンネルを抜けると、丁度、先行しているミシェルが舌打ちしているところだった。

「逃げたか」

ここ半年のモモの上司であるミシェルは、誰もいない風景に苛立ちを吐き捨てた。

メノウたちを追って、モモたちも空間の穴を通って北大陸から『絡繰り世』に入ったのだ。

背後を振り返ると、景色が円形に歪んだ穴がある。導力光がかたどる穴からモモに続いて出てきたのは眼鏡をかけた緑髪の神官、フーズヤードだ。

「わぁっ、ここが『絡繰り世』か。すごいすごい。すっごい不完全な世界だなぁ！」

「逃げた、というのはいくらなんでも早すぎませんかぁ？」

さっそくかがんで原色の輝石を掲げて目をきらきらさせているフーズヤードは無視して、モモはミシェルに意見する。

「『陽炎の後継（フレアート）』が遺跡街でゲノム・クトゥルワと戦ったのは、『星骸』の管理者権限に接続する環境制御塔を手に入れるためだったはずですぅ。撤退するにしても、あれだけ大きなものを運び出せる時間はありませんー。近くに隠れている可能性は検討しないのですかぁ？」

「考慮に値しないものを検討しても時間の無駄だ」

モモの危惧はバッサリと切り捨てられる。

「『絡繰り世』は導力で構成された特殊な魔導空間だ。物理法則が通常の空間より、だいぶ緩い」

ミシェルが足元にある原色の輝石を、つま先で踏み砕く。

「原色概念で構成された空間に、通常の常識を持ち込むな。【器】の純粋概念から生まれた原色魔導の真髄（しんずい）は、異空間を創り出して操作することにある。事実、純粋概念【器】の持ち主だった方の『自室』は、まさしく別世界。魔導学的に見て芸術的とすら言えるものだった」

「自室……？」

「いいよね、夢だよね、自分の魔導空間」

いぶかしむモモとは逆に学者肌であるフーズヤードが、うっとりとした口調で口を挟む。

「魔導空間って物理法則も導力で設定できるから、理論上は構築者の好きな原理で動く世界ができるはずなんだよ」

　魔導空間に関しては、人類の魔導体系では実用化されていない机上の理論に近い。せいぜい古代文明期には使われていたという程度であり、戦闘に従事しているモモにはとっては疎い領域だ。

　それをいいことに、フーズヤードはモモが口を挟む間もない早口になる。

「ただの小規模空間をつくる理論はできてるんだけど、原色概念は禁忌指定されてるから実験できないんだぁ……昔、論文出そうとしたら、エルカミ様にものすっごく怒られたんだよね」

「誰だか知らんが、真っ当な怒りだな。一個人が研究するものではないぞ。亜空間を扱う魔導は、失敗したらなにが起こるかわかったものではないからな」

「そうかなぁ。結構、いけそうなとこまでいったんだけどなぁ……」

「いっちゃいけないとこまでいったから怒られたんじゃないですか？」

　仮にも禁忌を取り締まる立場にいるのが第一身分（ファウスト）の神官だ。こいつの倫理観はどうなってるんだとモモが半眼になっている中で、フーズヤードが眼鏡（めがね）型の導器に導力を通す。

『導力：接続——眼鏡・紋章——発動【導視】』

　目視できないレベルの導力まで可視化する紋章魔導【導視】を発動する。

導力光を発する眼鏡をかけたまま周囲を確認していたフーズヤードが、不意に視線を固定する。

「あそこ」

フーズヤードが色の渦巻く風景の一点を指差す。

「空間が、切り替わった痕があるよ。切り捨てたね、ここ。魔導兵の本体に繋がってない、ただの亜空間になってる」

「そうか。貴様が言うなら、そうなのだろう」

ミシェルが鷹揚に頷く。フーズヤードの導力に対する捉え方は彼女も一目置いている。魔導的な分野に関して、彼女が言うのならば批判なしに受け入れるほどに評価しているのだ。

モモも目をこらすが、フーズヤードが示した空間を見てもなにもわからない。ただ原色が渦巻いているだけだ。

「よく見抜けましたね。その観察眼、まるで変態みたいです」

「ふふっ、モモちゃんさんもまだまだ……んんん？　変態って、それはちょっとおかしい評価じゃないかな？　ほら、これかけてよモモちゃんさん。そうすればモモちゃんさんにも視えるから！　ほらほらっ」

「……やっぱりわからないんですけど」

フーズヤードから渡された眼鏡をかけてみるが、やはり空間の切れ目とやらはわからない。

そもそも気化した原色の素材が満ちている空間で、導力の流れなど見えない。天然には天地を走る龍脈ぐらいしかまとまった【力】がない普通の空間と違って、ここ『絡繰り世』では大気中にまで導力が満ちている。【導視】を通しても、ちかちかとした光で視界がいっぱいになるだけである。

「えぇー？　じゃああとで、この中にある導力の流れと性質の違いを教えてあげるね。モモちゃんさん、センスあるから三日で簡単な見分けくらいはできるようになるよ！」

「とんでもなく余計なお世話なんですが。なんですかその使い道なさそうな技能は。そんなことに時間費やしてるからお前は変人なんですよ」

「え？　いやいやいやいや、わたしモモちゃんさんとかミシェルちゃんに比べてずっと常識人だよ？」

「お前は黙って知識と感覚だけを働かせていろ。アビィとかいう魔導兵があそこで空間を切り替えて移動をしたのだな」

「空間の切り替え……魔導兵は、そんなことまでできるんですかぁ」

モモはフーズヤードに眼鏡を返しながら、ミシェルの言った言葉に驚愕する。

「原色概念で構築された空間の機能を掌握しているのならば、その内部に限り可能だ。なにせ、奴らの本体はこの『絡繰り世』という世界の空間そのものだからな。その支配権を争って随分と長い間、『絡繰り世』内で闘争していたようだが、決着がついたのだろう」

説明しながら、ミシェルの視線が上向きになる。現状からどうするべきかの分析を脳内で進めて、ほどなくして答えを出した。

「……いったん、戻るぞ」

「戻るというと、北大陸にですかー。追いかけないんですかぁ？」

「『絡繰り世』という空間の中で魔導兵を追い回しても無駄だ。環境制御塔を抱えているうちに追いつけばなんとかなったかもしれんがな」

メノウたちの影を踏むところまで追いつきながらも、未練を見せずに深追いはしないと言い切る。

守るべきものがあるのならば、敵も足を止めざるを得ない。

だが敵は早々に籠城を決めこんだ。『絡繰り世』の発生地、【器】が居座る中心部にまで逃げたはずだ。

「そうですかー。ミシェル先輩がそー決めたなら、モモは従いまーす！」

「そうしろ。そもそも空間として完成された魔導兵を相手に、端末をちまちま潰す虚しさがわかるか？」

ミシェルが不機嫌な表情で吐き捨てる。

魔導空間を掌握している存在との戦いは、小さかれども『世界』を相手にするような途方もなさだとミシェルは実感している。

「『絡繰り世』から北大陸の中央部に戻るとして、次はどうしますー？」

「お前ならどうする」

逆に問い返された。

試されている。それを直感したモモは、頭の中で慎重に案を選ぶ。

「簡単なのは、原罪概念ですねー。適当な悪魔や魔物を召喚して送り込んで、このあたりにある素材を潰していきますぅ」

「問題が三つあるな」

モモの案に対して、ミシェルが即座に問題点をあげる。

「一つ。原色を餌に魔物を増やしすぎれば、そちらの対応ができなくなる。二つ。いくら相性がいいとはいえ、これほどの規模の原色を相手にする原罪魔導を使うとなれば相応の生贄が必要になる。そしてこれが最大の理由だが」

ミシェルが三本目の指を立てる。

「向こうにはマヤ様がいる。原罪概念で歯向かうのは論外だ」

マヤ。

メノウたち一行で一番無力そうに見える幼女だが、四大人災(ヒューマン・エラー)『万魔殿(パンデモニウム)』の一部だった彼女はもっとも危険な存在でもある。いまのマヤは戦闘力こそ低いが、取り扱いを間違えると『万魔殿(パンデモニウム)』に戻りかねないという危険性があるのだ。

ただでさえ南方諸島を食い尽くして肥大化した【魔】の純粋概念が『絡繰り世』まで糧にして膨れ上がった場合、この世界に存在する魔物の総量が、いま残っている大陸文明を圧倒する数になる可能性すらある。

　そうすれば、人類の破滅は待ったなしだ。

「それで？　簡単ではないほうの案は、なんだ？」

「手間がかかりますが……北大陸の街から『絡繰り世』の手前まで線路を引き、儀式場を作るための資材を運べるようにしまーす」

「正解だ。空間そのものを相手にするには、ただの力押しでは効率が悪い。相応の準備が必要だ」

　モモからの答えが満足いくものだったのか、ミシェルが踵を返す。歩き出した先には、北大陸とつながる導力の穴がある。

「準備の指揮はお前がとれ、モモ」

「はーい。承知しましたぁ」

　大規模な魔導儀式の準備だ。

　二人の視線がフーズヤードに集まる。

「お前の腕の振るいどころだな。死ぬ気でやれ、フーズヤード」

「え？」

フーズヤードは自分を指さして、きょとんと目を瞬いた。

「わたし？」

おそらく、相手は大規模な儀式魔導を仕掛けてくるだろう。

『絡繰り世』に来て自分たちの居場所を見失ったミシェルたちの対応を、メノウはそう予想していた。

少なくとも、メノウが相手の立場ならそうする。

ミシェルも、メノウたちが『絡繰り世』の支配者である三原色の魔導兵たちと協力関係にあるのは把握している。ミシェルはアビィと交戦経験があるのだ。端末でしかない魔導兵を潰していく真似はしないだろう。

魔導兵の本質は、意思を持った空間生命体という特殊性にある。剣を振るってどうにかできるものではない。ひょっとしたら力押しでどうにかできてしまうという恐ろしさもあるのがミシェルという人物ではあるが、彼女はあれで真っ当な思考をしている。正道の手段があれば、あえて外すようなことはせずに、そちらを選ぶ。

大規模な儀式魔導戦となると、メノウたちもいままでとは戦い方を変化させる必要がある。

ミシェルたちへの対処をどうするべきかと考えながら、メノウは切り替わった光景に目を細める。

『絡繰り世』の中心部にあるのは、どこか懐かしい、白塗りの校舎だった。

こちらの世界には、ほぼない造り。異世界にある国、日本でもっとも一般的な建築様式の外観をしている学校だ。

「どうして、学校なのかしらね」

「さあ？　私が知る限り、ここは『絡繰り世』が生まれてから、ずっとこうだよ」

取りとめのないメノウの問いの答えはアビィも知らなかった。彼女が生まれた時から、この形をしていたらしい。

「お、姉貴じゃん」

校庭に現れたメノウたちに真っ先に反応したのは、真っ青な毛並みを持つ狼だった。アビィは満面の笑みになって、青い狼の毛並みに飛びつく。

「よーしよし、ギィ君！　頑張っててくれた？」

「はっはっはっは！　こいつ絶対に俺に仕事を押し付けて勝手に出て行ったの忘れてやがるな。んん？　くそふざけやがってよお。こっちがどんだけ大変だったかまるでわかってねえだろ、姉貴」

「やだなぁ。年下のために身を粉にするのは年長者の義務でしょ？　じゃ、お姉ちゃんは愛しの弟妹に会いにいくね！　メノウちゃんたちの案内はギィ君に任せたっ！」

「あっ、逃げやがった！　お前いい加減にしろよぉ！」

青い狼が吠えるも止まらない。アビィは弾む足取りでさっさと校舎に入って姿を消した。

メノウは苦笑しながら彼に近づく。

「久しぶりね、ギィノーム」

「ああ、メノウか。ちょっと前の時には世話になったな」

「こっちこそ」

ギィノームの言葉にメノウは微笑む。

彼はグリザリカの国境側での戦いの時に、メノウが一番世話になった魔導兵だ。人類にもっとも敵対的であり、ほとんど戦場だったあの地区が平定できたのは大きかった。

ギィノームがサハラに近寄る。

「ふーん……お前が、姉貴の言っている末妹――最後の、妹か」

「違います。そんなじゃないです。私は無関係です」

詰め寄られたサハラが、大した意味もなく否定している。必要以上に自分を認識されたくないのだろう。面倒ごとの気配にはやたら敏感なのだ。

ギィノームもサハラの言葉にはまったく惑わされずに、ぼそりと呟く。

「姉貴もやる時はやるんだよな……ちゃんと仕上がってる」

言葉の意味はわからずとも、なにか怪しい気配を感じたらしいサハラが後ずさって距離をとった。

逆に視線がギィノームに固定されているのがマヤだ。彼が現れてからずっと青い毛並みにそわそわしていたマヤが、意を決して口を開く。

「さ、触ってもいい？」

「あっはっは。いい訳ねーだろ。俺の端末がなにでできてると思ってんだこの原罪概念の申し子は」

「あう……」

バッサリと拒否されたマヤが、しょぼんと項垂(うなだ)れる。ギィノームは魔導兵だ。マヤが触れば、侵食によって体が崩れてしまう。それでもギィノームの毛並みに未練があるのか、ちらちらと視線を向けていた。

「ま、いいだろ。そこの学校を拠点にしておけよ。姉貴が連れてきたんなら、受け入れる。こないだの抗争で残った三原色はそういう奴しかいねぇからな」

ギィノームは狼の口を開けて笑う。

「ようこそ、『絡繰り世』の中心地へ。俺たち三原色の魔導兵の誰でもない空間だ。人間でここまで来たのは、ゲノム以来だ」

二章　騒動

「くそがっ」

激闘の末に追い詰められた魔導兵は、メノウに向けて吐き捨てた。

褐色の肌に緋色の髪をした、人型の魔導兵だ。三原色の魔導兵である彼女の本体を構成していた魔導空間は、すでに消えた。もはやこの端末一個分の素材しか残っていない。

彼女は数いる三原色の魔導兵の中でも、もっとも人類を殺してきた一体だ。

彼女は彼女が生き残るために人類との戦線を構築し続けた。東部未開拓領域戦線と名付けられた場所は、彼女が支配していた空間だった。

どうしても、必要だったのだ。

人間という名の【赤】の素材が。

「往生際が悪いね。人間を解体して【赤】で膨れ上がっているせいで、随分と歪(いびつ)だったよ」

「中心と接した恵まれた連中と、一緒にするな。口を開けていれば素材が流れ込んでくるお前らとアタシは違うんだ……！」

「だから？」

冷え冷えと、アビィが告げる。いつもの彼女の陽気さはまるで見当たらない。

「中心部との隣接争いに負けて、追いやられて、人類相手に戦争をして、私たち全員を人類の敵にした。それがお前だ」

『絡繰り世』が人類に敵対的なものとして恐れられているのは、ここ東部との隣接地帯が戦場だからだ。

放置していれば魔導兵が人をさらっていき、攻め込もうにも精神汚染が甚大で防衛戦を構築するのが精一杯だった。大規模な儀式魔導を構築することもできず、ずるずると数百年間、争いを続けることとなった。

「人類と戦争をして、ゲノムとの取引をして、【防人】の支援まで受けてたでしょ。よくもまあ肥大化したものだと思うよ」

彼女の空間のほとんどは、アビィによって食い尽くされた。

「ご馳走様」

にっこり笑ったまま、頭を踏み砕く。

「これで、一体」

「うん！　メノウちゃんのおかげだよ。その【時】の純粋概念。その魔導がなきゃ、私もどうしようもなかったんだよね！」

アビィとの共闘を約束したメノウは、空間にも干渉できる魔導で、『絡繰り世』内部の二つの場所を繋げた。メノウでは扱えないはずの【時】から派生した空間魔導だったが、『絡繰り世』では空間への干渉が容易で、アビィの本体と先ほどの魔導兵の本体を繋げる魔導が使用できた。

そして始まったのは、三原色の魔導兵同士による空間と素材の食い合いだった。

「それで、アビィ。あなたのお望みは、あと何体だったかしら」

「三体」

端末である彼女は指を三本立てる。

空間生命体であるアビィの本体は、動くことができない。素材を飲み込んで拡大することはできるが、移動という行為ができないために端末を作って派遣している。

そこに現れたのが、メノウだ。

【時】の純粋概念で空間を繋ぐことで、アビィは他の魔導兵の本体に強襲をかけることが可能になった。

「そうすれば、メノウちゃんのお望み通りにしてあげる」

それが数ヶ月前に起こった『絡繰り世』防衛戦の初戦だった。

◆

『星骸（せいがい）』。

それは、北大陸の中央部に浮く巨大な球体を示す名称だ。

北の天空を巡る球体群の正体は、千年前に起動して北大陸の中央部をくり抜いて消費した、超々巨大な魔導装置だ。

純粋概念【星】と純粋概念【器】が合作した傑作。多大な素材と命を組み合わせて完成させた『星骸』の目的は一つだ。

異世界送還。

異世界人を召喚するのとは真逆の手順を踏むことで、この世界の人間を日本へと送り返す魔導を発動させるのが『星骸』という装置の役割だ。

元の世界に、帰りたい。

日本という平和な国からこの世界に召喚された人間が、その願いでもってつくりあげた千年前の遺物だ。

「……どんな場所なのかしらね」

北大陸の中央部から『絡繰り世』の中心部に来て、数日。校舎を模した空間で異世界に思いを馳せたメノウは、ぽつりと呟いた。

日本。

そこがどんな国なのか、知識はあっても本当の意味ではメノウは知らない。この世界で生まれた人間は一度も足を踏み入れたことがないのが、異世界にある日本という国だ。

知れども行くことのできない国の学校施設を模している校庭には、巨大な建造物が鎮座していた。

校舎よりもよほど大きいそれは、ところどころひび割れ、半壊している。元が全長一キロはある建物である。本来は広々としているはずの校庭を占有しているそれを、メノウは厳しい目つきで見上げる。

四大人災（ヒューマン・エラー）の一つ、『星骸』を管理する機能を持つ建築物――環境制御塔だ。

メノウたちは地下都市『遺跡街（いせきがい）』で、【星】の純粋概念の持ち主である星崎廼乃（ほしざきのの）と出会ったことで『星骸』の正体を知った。

異世界召喚とは逆の、送還のための魔導を発動させる魔導陣。異世界人を、元の世界に帰すことができる唯一の手段だ。発動できるのがたった一度きりとはいえ、『星骸』を管理する権限を持つ装置を確保できたのは僥倖（ぎょうこう）だった。

『星骸』をコントロールするための環境制御塔に、『絡繰り世』の住人である三原色の魔導兵。いまのメノウの手元には、世界を滅ぼせると言われる四大人災（ヒューマン・エラー）のうち二つが揃（そろ）っている。

「……ああ、違うわね。マヤも含めれば、三つか」

記憶を取り戻しているが、マヤも『万魔殿（パンデモニウム）』の一部だったのは間違いない。大陸からはるか南方の海にある霧の結界。そのわずかな隙間から抜け出した、『万魔殿（パンデモニウム）』の小指がマヤだ。

行きがかりで保護したという面もあるが、いまでは頼もしい仲間の一人である。

残りの一つは『塩の剣』だ。それさえ揃えば、古代文明を滅ぼした四つの人災(ヒューマン・エラー)にまつわる力が手元に集合する、と考えるとメノウの現状はなかなか壮大だ。

傷つけたものを、問答無用で塩と変える必滅の刃。使い方によっては星を丸ごと塩に変換することも可能で、事実、千年前に大陸一つを塩にして海に溶かした実績がある。

『塩の剣』は半年前に砕かれて刀身のほとんどが失われ、いまではわずかに残った刃先がアカリに突き刺さっている。

【時】の純粋概念を暴走させたアカリの人災(ヒューマン・エラー)化を止めるために、メノウが彼女の胸元に突き刺したのだ。塩の侵食を止めるために【停止】を一点に集中させたことで、アカリは身動きが取れなくなった。

彼女の記憶を再生し、人災(ヒューマン・エラー)状態から引き戻してアカリの肉体を蝕む塩化現象を解除する。それは打倒ハクアに並ぶメノウの目的だ。

そのアカリの体の行方も、メノウは知らない。自分の記憶を残した手帳に、『信頼できる後輩に預けた』という情報があるのみだ。

しかしアカリを隠した彼女から、この半年間で連絡は一切ない。どこにいて、なにをしているのかもわからない。

過去の自分が、モモという後輩にアカリの体を託した意図はわかる。

メノウは、モモのことを自分から遠ざけておきたかったのだ。

塩の剣に【時】の純粋概念。いまのアカリを蝕む要素は、あまりにも強力だ。真っ当な方法で彼女を助けるのは、不可能といってもいい。

だからこそメノウが思いついたアカリを助ける方法を、モモという後輩に知られないために、自分の傍から引き離したのだ。

アカリを助けるのに、アカリの肉体は必ずしも必要ではない。

生命を成立させる三要素は、肉体と精神、そして魂の三つだ。この中でも肉体は、取り替えがきく。アカリの記憶と魂が収まる器さえあれば、塩の剣に蝕まれているいまの肉体から移し替えることができるのだ。

「……」

ここ半年の経緯で積み重なったさまざまな事柄に思いを馳せていたメノウは、無言で胸に手を当てる。

実際のところ、アカリの魂と精神を入れることができる器には、いくつか候補があった。換えが効かない魂、補充の手段が限られている精神の記憶と違い、その二つを収納する肉体は用意することが比較的簡単なのだ。

いまのメノウは、あえて純粋概念の行使によって記憶を消費している。もちろん、聖地を出てからの敵が強敵揃いだからというのも一因だ。

　だが同時に、メノウが記憶を消費することが、アカリを助けるために必要なのだ。

　メノウが用意しようとしているアカリを助ける手段を知られたら、モモという後輩はメノウを止める可能性が大きい。だから引き離したのだ。

　その後輩がなにをしているのか。いまのメノウに、知るすべはない。

　考えても詮のないことだ。頭を振って思考を切り替える。

　いま大切なのは、半壊した環境制御塔を分析、再生をしているアビィから話を聞くことだ。

　メノウが中に入ると、内部には何匹もの青い蝶々が飛んでいた。

　導力光の燐光を放つ青い蝶が、破損した箇所に留まって修復を進めていく。蝶の羽から落ちる鱗粉は、わずかな導力光を放つ極小の微細導器群体（マイクロマシン）だ。ひらひらと飛ぶ青い蝶の鱗粉で補修された壁や天井、床などがぼんやりと発光して光源となっている。

　微細導器群体（マイクロマシン）は、原色概念の最小単位だ。自己増殖をする分子単位の極小の魔導兵であり、三種ある微細導器群体（マイクロマシン）が複雑に寄り集まることで生命体にまで成り上がることができる。微細導器群体（マイクロマシン）を操作することで、アビィは環境制御塔の修復をしているのだ。

「管理者権限の移譲は、順調？」

　内部に入ったメノウは、微細導器群体（マイクロマシン）の発生源に問いかける。

　環境制御塔の破損箇所を埋めて修復をしている青い蝶々の使い手。微細導器群体（マイクロマシン）を発生させているのは、アビィである。

メノウに声をかけられた彼女は、ゆっくりと目を開ける。

「順調だよ」

マリンブルーの瞳で微笑み、二本指を立てたVサインで肯定した。

『絡繰り世』に着いてからの数日間、彼女は環境制御塔の内部に篭(こも)りきりになっていた。

もともと『星骸』をコントロールしていたのは、遺跡街の環境制御塔に潜んでいた【使徒(エルダー)・星読み】と呼ばれていた専用の魔導兵である。彼女の予言に従ってゲノムと戦い、アビィが損壊して機能を停止した【星読み】を取り込み、環境制御塔の半分を補修して解析することで、『星骸』の管理者権限を移譲できるはずだった。

いまはアビィを中継として『絡繰り世』に残っている三原色の魔導兵の総力を上げて環境制御塔の解析をしているらしい。互いの情報を送受信するために、アビィは動くことができていなかった。

「確かに補修はほとんど終わってるみたいね。異世界召喚陣の逆算は?」

「それも順調」

アビィは人差し指と親指をくっつけて、軽妙に丸をつくる。

この世界は、日本から異世界人を召喚し続けていた。時に自然に起こる魔導現象として、時に誰(だれ)かの明確な意図でもって、この世界に『純粋概念』という絶大な力を生み落とし続けた。

異世界召喚という、この世界が犯し続けた罪を未来ではなくすことができるかもしれない。

この世界にいる人間を異世界にある日本へと送還する魔導は、星の基幹システムとして刻まれている異世界召喚陣と相関関係にある。その魔導の解析を進めれば、導力による自然な魔導現象に干渉して、二度と異世界人がこの世界に来ることがないようにできる可能性がある。

「……しなきゃ、いけないのよね」

こればかりは、アカリとは関係ない。

世界のためにと罪もない人々を殺してきたメノウにできる数少ない贖罪だ。

アビィの分析も順調だという。この分だと、皮算用ではなく異世界送還陣に干渉することができるだろう。

メノウたちの計画は順調に進んでいるが、問題もある。

「ミシェルよね……」

「そうだねー」

メノウの懸念に答えるアビィの表情も暗い。

やはりというべきか、メノウたちを追ってミシェルも『絡繰り世』に入ってきた。

『絡繰り世』に来た直後は、彼女たちに追いつかれる前にアビィの空間の切り替えで中心部に移動してことなきを得た。一度『絡繰り世』から離脱したようだが、そのまま追撃を諦めてくれるほど容易い相手ではないことは、メノウもアビィも重々承知している。

「せっかく北大陸から『絡繰り世』に来たしと思ってグリザリカに連絡用の魔導兵を送っても、

返ってこないんだよね。あっちからの増援も望み薄だね」

「そっちも心配なのよね。グリザリカ王国を出て一ヶ月経つし、アーシュナ殿下に、なにかあったのかもしれないわね。……サハラも、殿下に無断で連れてきちゃったのよね」

グリザリカ王国は、メノウたちの活動拠点だ。大陸的な大国である王族アーシュナ・グリザリカはメノウたちの活動の支援者でもある。

グリザリカ王国にいるはずの彼女に連絡がつかないのは気になるが、メノウやアビィがこの場から離れるわけにもいかない。

「……サハラをグリザリカに行かせるのはありかもしれないわね。なんか、ここ数日すごく暇そうにしてるし、働かせるべきよ。事前に用意しておけばサハラってマヤが召喚できるから、連絡役にはぴったりだし――」

「やだ！　私のやる気の元なんだよ、妹ちゃんは!!　遠くに行っちゃヤダァ！」

年下至上主義のアビィが強固に訴える。

理由のくだらなさにメノウは渋面になってしまう。いまアビィにヘソを曲げられるのは非常に困るため、無下に彼女の意見を却下することも躊躇われた。

「まあ、グリザリカとの連絡は置いておくとして……ミシェルがここまで来たら、勝てる？」

「わかんない」

「……私の協力込みでも？」

もちろん、メノウが純粋概念【時】を使ってアビィたち魔導兵を援護するという意味だ。いまのメノウたちは、ミシェルを敵に回して以来、もっとも有利な状況にいるといってもいい。ミシェルが安易に力押しで攻めてこないのがいい証拠だ。

だというのに、アビィは肩をすくめる。

「本当に、わかんないんだよ」

青の瞳を持つ褐色の美貌に、困った表情を浮かべる。

ここ数日、ミシェルに対してなにもしていないということはない。

幾度となく原色兵器である魔導兵を送り込んで襲撃をかけ、『絡繰り世』特有の精神汚染による攻撃もしかけ、そうして出た結論を口にする。

「どうやって倒せばいいんだろうね、あれ」

強すぎる。

それが偽ることなきミシェルへの評価だ。

「さすが古代文明期の人間兵器。物理現象を超えちゃってるね、あれは。――あ、メノウちゃん。機能的な補修はだいたい終わったから、環境制御塔への接続、試してみるね」

「……そうね、お願い」

ミシェルへの対抗策が思い浮かばないまま、話題が環境制御塔に戻る。

環境制御塔専用の演算装置である【星読み】の端末を飲み込んだ彼女には、この巨大な魔導建築物をコントロールする機能が備わっている。

『導力：接続——環境制御塔・管理者権限——』

アビィが環境制御塔と自分を接続する。

彼女の褐色肌の全身に導力光の幾何学模様が浮かび上がり、床から壁、天井へと走って巨大な魔導陣を形成する。メノウの視界外の場所にも同じように導力が流れ込み、建物全体に及んでいる。

「ミシェルは相手にしないで、やっぱり逃げ回るのが一番、いイんだとオモうけド——」

環境制御塔に導力接続をしながら、雑談を続けようとしたアビィの声が不自然に途切れた。動きも止まって、完全な静止状態になる。

「どうしたの、アビィ？」

不審に思って近づくと、アビィがゆっくりと顔を上げる。

「導力、接続確認。経路、環境制御塔及び『星骸』管理者権限魔導人形。参照目的、異世界送還陣」

無機質に機能を述べ、感情の喪失した瞳をメノウに向ける。

「管理者権限移譲のため、導力による起動キーの入力を願います」

予想外の事態に、メノウの頭が猛烈な勢いで回転する。

明らかに普段のアビィとは様子が異なる。かといって、いまの言葉を聞く限りアビィが行っていた『星骸』の管理者権限奪取と無関係とも思えない。

「……あなたは、【器】の作ったシステム？」

「不正侵入と断定。排除します」

「――ッ⁉」

『導力：接続――戦闘服・紋章――発動【多重障壁】』

褐色の拳が、メノウに振るわれた。

メノウがとっさに展開した数枚の【障壁】を、ただの一撃ですべて砕いた。拳の威力はそれでも収まらず、導力強化をしたメノウに直撃して吹き飛ばした。

壁にしたたかに背中を打ちつけて、ワンバウンド。床に叩きつけられる前に空中で姿勢を制御し、四足の姿勢で着地する。

「これは……」

背中の痛みに顔をしかめながら、メノウは相手を見据える。

マリンブルーの瞳には自由意志が見当たらない。無言のまま、再び攻撃の姿勢になっている。

アビィが精神汚染を受けている。正確には、彼女の端末がなにかに乗っ取られている。

三原色の魔導兵に対して導力でのハッキングなど、人間技ではない。メノウも過去に原色【赤】一色で構成された魔導兵に導力接続でハッキングをしたことがあるが、比較的単純な構造をしている魔導兵への侵入ですら多大な痛みと困難を伴った。

確固たる自己を確立させた三原色の魔導兵に導力侵入を成功させるなど、あり得ないといってしまってもいい。

不可能なはずの理不尽を可能とする存在など、思いつくのは一つだけだ。

「やっぱり、【器】の純粋概念よね」

呟きながら、メノウは短剣銃を引き抜いた。

もともとこの環境制御塔を建造したのは、魔導兵の生みの親でもある【器】の純粋概念だ。原色概念の始祖ならば、アビィですら抵抗できないトラップを仕掛けていてもおかしくない。

アビィが再びメノウに襲いかかってきた。

強烈な一撃を避けた背後で、壁が壊され外への穴ができた。三原色の魔導兵であるアビィの性能はすさまじいの一言に尽きる。アカリと導力の相互接続をしたことで純粋概念に干渉できるようになったメノウの導力強化と互角の出力だ。

この状況では、いまここにいる端末だけではなくアビィの本体すら無事だと断定できない。救いがあるとすれば、単純な白兵戦しか挑んでこないことだ。原色魔導まで使われたら、いよいよ手がつけられない状態になる。

「こんなところで、仲間割れしてる場合じゃないんだけどね……！」

厳密には仲間割れではないが、はたから見たら同じようなものだろうと皮肉に口元をひん曲げる。

毒づきながらも応戦する。再び床を蹴って接近してきたアビィに、短剣を投げつけた。

『導力：接続――短剣・紋章――二重発動【疾風・導糸】』

短剣の柄から噴出する【疾風】の推進力が加わった短剣がアビィに迫る。

彼女は避ける素振りすら見せなかった。最短距離で直進したアビィの胸元に、深々と短剣の刃が突き刺さる。一切の痛痒も見せないアビィが、メノウの眼前まで距離を詰め切る。

「……っ！」

アビィの強烈な蹴りが直撃。メノウはたまらず環境制御塔から吹き飛ばされ、校舎二階に突っ込んだ。


白夜の太陽が、横を転がっていた。

目に追える速度の進行ではない。真っ白な太陽は、亀の歩みよりもゆっくりと、遅々とした速度で運行している。

桜色の髪をシュシュで二つ結びにした神官、モモはその光景を眺める。

ここは、導力でできた世界だ。

たった一人の人間が生んだ世界――『絡繰り世』。

モモたちが住まう世界とほんの少しだけズレた空間軸に純粋概念を持つ異世界人が逃げ込み、【器】の能力を垂れ流し、三色の特性の物質を形成して世界ができた。

亜空間に実在する小さな世界は、あまりにも大きく拡張し続け、いつしか人類とは違う知性が闊歩（かっぽ）するようになった。

ある意味では、日本がある異世界とモモたちの住まう世界の中間にあるとも言えるのが、ここ『絡繰り世』だ。

人造の白い太陽が落ちる時は、世界を閉じ込める結界の崩壊と同義である。千年続く結界に閉じ込められ人類を拒絶し続けた『絡繰り世』で、街の建造が進んでいた。

建材が組み立てられる建築の音、資材を運ぶ人々の喧騒、活気ある人通りが周囲を賑やかしている。人類とは発生を異とする知性体、三原色の魔導兵の領地ともいわれている『絡繰り世』に人の営みが形成されつつあった。

ミシェルは『絡繰り世』に戻るなり陣地を作り、出入り口を塞（ふさ）いだ上で内部に入りこんだ。そして第一身分（ファウスト）の強権を振るって、北大陸にある街と『絡繰り世』の入り口に線路をつなげて人員を徴用した。

目的は、聖地を蹂躙（じゅうりん）した大罪人であるメノウとその一味だ。

『絡繰り世』の内部は物理法則すらねじ曲げる空間だ。その攻略のために大きな役割を果たしているのはモモではない。単騎で三原色の魔導兵すら撃退する強大な力を持つミシェルですらない。

「モモちゃんさーん！」

呑気な呼び声に、モモは口元をへの字に曲げる。

声が親しげなのはとてつもなく不本意ではあるが、無視するわけにもいかなかった。

モモが振り返ると眼鏡をかけた神官がいた。

「……順調ですか？」

「うん、大丈夫。ミシェルちゃんにお願いされた儀式理論は、もう小規模で成功したよ」

やたらと機嫌がいいフーズヤードは明るく笑う。

ここに来てからモモは時々、彼女の能天気さに戦慄することがあった。

「やっぱり物質になった原色概念も【力】の流れさえ整えてあげれば、分解して元の導力に還元できるね。頭の中にあった理論が実践で成功した瞬間ってさ、たまらなく快感なんだよねぇ！」

フーズヤードの発言の意味は大きい。

この千年、人類を苦しませ続けてきた東部未開拓領域『絡繰り世』を世界から消滅させることができる、と言ったのだ。

「……ミシェル先輩の様子はどうです？」

「いまのところ、負担を感じてる様子はないかな。ミシェルちゃんには儀式場の要になってもらうから、しばらくジッとしてもらいます！」

「それはそれは……『絡繰り世』の分解が、本当にうまくいきそうですね」

「魔導現象は導力をベースにして発生するんだから、その解決に無理なことなんてないよ。モモちゃんさん。すべての魔導現象は、魔導で解決できるの」

「理論上はでしょうが。そこまで単純じゃありませんよ」

「現実を分析してできるのが理論だよ。人間のやることなんだから間違いも失敗もあるけど、それはそれ。試行錯誤を繰り返すことを怖がっちゃったら、なーんにもできないよ」

儀式場の建築様式を確認しているフーズヤードは楽しそうだ。彼女の理論を実行に移すための指揮をとるモモの苦労を知っている様子はゼロである。

「こういう時だけは、活動的ですよね」

都合がいいですけど、と一人ごちる。

「向こうも黙っていないでしょう。空間に干渉する三原色の魔導兵との戦いです。端末ではなく本体を相手にするのは、下手をすれば人類史上初ですよ」

「どうかなぁ。グリザリカ王国が、東部戦線を平定したんでしょ？　なら、二番手じゃないかな」

数ヶ月前、長年の課題であった魔導兵の流入が完全な終着を見せたのは大陸的に大きな話題となっている。

サハラの名前が『第四（フォース）』の総督として大きく知られるようになったのも、この偉業によるものだ。彼女が主導したものという触れ込みだが、サハラの人格と能力を把握しているモモは明らかに誇大広告な話などまったく信じていない。

「あれの本質は、魔導兵同士の同士討ちですよ」

「そうなの？」

「ええ」

モモは知っている。あれはアビリティ・コントロールという魔導兵が、他の魔導兵を食い尽くしたというのが正しい。

人類に敵対的だった三原色の魔導兵を、アビィはことごとく飲みこんだのだ。結果として、『絡繰り世』が人類を積極的に襲うことはなくなった。

「そっかぁ。空間生命体になれた魔導兵でも、戦うんだね」

モモの言葉を聞いたフーズヤードが、ぽつりと呟く。

「どうしてみんな、戦うのかなぁ」

「なんですか、いきなり。変なこと聞きますね」

「変かなぁ。モモちゃんさんくらい若い子で修道女から神官になるのって珍しいでしょ？」

デリカシーが皆無だった。フーズヤードの言葉に、モモは顔をしかめる。

神官同士の会話で第一身分(ファウスト)になる以前の境遇を聞くことなど普通はしない。

神官は一人残らず孤児だ。親を亡くし、引き取り手もいない子供が教会が運営する孤児院に放り込まれ、その中でも才能がある一握りだけが藍色の神官服を纏(まと)うことを目指して修道女になって魔導教育を施される。

何者でもない修道女から第一身分（ファウスト）の神官になった人間は、自分たちの努力と才能に自負がある。

同時に、神官になる前の話はしたがらない。

自分の心の、弱みだからだ。

「わたしはねー？　もともとお母さんしかいない家庭だったんだけど、病気で死んじゃってさ。天涯孤独になったのが五歳くらいの時だったかな。孤児院経由で教会に入って、修道女になって、ふつーに神官になって数年ふらふらして魔導研究のフィールドワークをしてたら、当時の大司教だった人になぜか引き抜かれたんだよねぇ」

フーズヤードは悲壮感の欠片（かけら）もなく、ぺらぺらと自分の薄っぺらい境遇を話す。

第一身分（ファウスト）になるには、優れた導力適性が前提となっている。『ふつーに神官になった』などと言える自分の才能への無関心な発言は、一生を修道女で終える人間が聞けば嫉妬（しっと）で頭が沸騰しかねないものだ。まして第一身分（ファウスト）の最高位である大司教に見出されて引き抜かれるなど、非凡にもほどがある経歴である。

「それで聖地の勤務。モモちゃんさんも知ってると思うけど、『龍門』の運行管理してたんだよ」

「へー」

　本当にどうでもよかったので聞き流して話を終わらせようとしたのだが、フーズヤードはじーっとモモに視線を向けたままだった。自分が話したんだから次はモモの番だと言わんばかりだ。

「……お前、もしかして私が身の上を話すと思ってるんですか？」

「話してよぉ。わたし、モモちゃんさんに興味があるからさ。ね？」

　ねだりながらも、眼鏡(めがね)の奥からじっと見据えてくる。

　フーズヤードは、たまにこうやって他人のことを見る。

　好奇心をむき出しにした、無遠慮な興味。他者の人格も反応も顧みない、まさしく研究対象に向ける視線だ。

　その目から逃れるために、モモはしぶしぶ口を開く。

「私の両親は……たぶん、どっかで生きています」

　自分で言葉にして、とっくに捨てたと思っていたはずの記憶が刺激されて蘇(よみがえ)った。

　モモの幼い記憶には、自分の生まれがどこかの国の第二身分(ノブレス)の貴族だった記憶がある。

　第二身分(ノブレス)とはいっても、屋敷を構えて何人もの使用人を侍(はべ)らせているようなご立派な立場ではない。当然、間違ってもアーシュナのような王族というわけでもない。

　宮仕えをしている、小さな一軒家に住む多少は裕福な夫婦というくらいだったはずだ。

「ご両親がいるのに、なんで孤児院に？　貧乏だったとか？」

「気味が悪かったんじゃないですか」

「んん?」

子供が孤児になるのは、なにも両親の死別だけが理由ではない。どうやらモモが吐き捨てた言葉の意味がわからなかったらしく、フーズヤードが首を傾げる。

「気味が悪いって、どゆこと?」

「私は、生まれつき導力が多いんです」

モモは人よりも導力量が多い。人並外れて、という注釈がつくほどだ。

「それは知ってるけど……」

そこまで言ってもフーズヤードは話の流れを察することができなかったようだ。モモはこれみよがしに嘆息する。

導力量が多い人間は精神のバランスが崩れることが多い。魂から流出する導力に精神が圧迫されるのだ。

感情のまま導力が漏れ出し、ほとんど無意識のうちに導力強化をしてしまう。子供の癇癪が、大人以上の腕力で行われることになるのだ。

止める手段もなく泣き叫んで暴れる子供に、両親はどれだけ疲弊したことだろうか。

「最初の修道院に引き取られたのが四歳だったので、その時くらいですね。ある日、列車に乗って、別の街のお祭りに連れて行かれました」

その時の記憶はある。

モモは上機嫌で両親の服の裾を掴んでいた。知らない街の、大きなお祭り。楽しみにしないはずもなかった。

思い返せば、その時点で両親は自分の子供と手をつなごうとはしていなかった。

たぶん、彼らは怖かったのだ。

モモは精神的に不安定な子供だった。多すぎる自分の導力に振り回されていた。頑丈な玩具を握り潰すこともあれば、癇癪で家具を壊したこともあった。

両親は、モモが自分の手を握り潰しやしないかと、戦々恐々としていたのだ。

駅に降りると、母親はモモにお小遣いを渡した。あなたの好きなようにしなさい、と。

喜び勇んで屋台を回った。好きなものを食べ、好きな遊びをして、はしゃぎ回った。おそらく四歳のモモにとって、一番楽しい時間だった。

知らない街のお祭りを満喫して、幼いモモは一人になった。

「そのあとは、お決まりです」

モモが両親と再会することはなかった。捜索はされたが見つかることはなく、一時的に保護されていた修道院にそのまま引き取られた。そこでも当然のように問題を起こしたモモは、導力的な才能を見出されて第一身分の候補である修道女に選出され、西の果てにある修道院に送られた。

幼いモモは、一人になった状況に馴染もうとはしなかった。

自分が捨てられたのだとは、認められなかった。普通であることに固執していたのが、処刑人を養成する修道院に送られたばかりのモモだ。

いまでは両親の顔も思い出せない。父親が男で、母親が女だったなという感慨しかない。

メノウと出会うまで、自分を捨てた相手に抱く感情なんてそんなものでいいんだと気がつけなかった。無駄な時間を過ごしたものである。

「でも、それが戦う理由じゃないですけどね」

「そうなの?」

モモの原点は、あくまでもメノウの髪を結んだ時に生まれた。

あの日、あの時、あの笑顔を見て決めたのだ。

メノウのために生きる。

メノウを助けるためならば、メノウ自身を敵に回すことも厭わない。誰とだって手を結ぶし、なんだって犠牲にする。

そのために、モモはミシェルたちと一緒にここまで来たのだ。

「お前の気持ち悪いくらいの魔導理論への執着だって、生い立ちとは関係ないでしょう」

「うん、ぜんっぜん関係ないね」

フーズヤードは照れくさそうに笑って、歯車に縁取られた眼鏡に触れる。

「綺麗だったんだよ」

　フーズヤードという人格の根幹は、たった、それだけ。

　導力を見て、綺麗だと思った。

　夜空の星々の輝きに目を奪われた人間が天文学者を志すように、彼女が魔導に傾倒した理由はそれだけだ。

　モモには一欠片も理解できないが、きっと人生を懸けるに足る光景だったのだろう。

　あの時に、モモが見た笑顔と一緒だ。

「それでさ、モモちゃんさん」

「なんですか」

「ミシェルちゃんは、なんで戦ってるんだろうね」

　ミシェル。

　モモのいまの上司だ。彼女が千年前に生まれた人間兵器であることを、モモは知っている。

　だが、目の前のフーズヤードはそんなことを知らないだろう。彼女にとってミシェルは、半年前に配属された先の上司という認識でしかないはずだ。

　強さの極地にいる人間が、なぜ戦っているのか。

「あの人は、たぶん」

　声とともに漏れ出た吐息が、宙に消える。

「戦う理由がないから、戦ってるんでしょうね」

「そっかぁ」

フーズヤードが、吐息を漏らす。

大司教のエルカミに拾われ、いまはミシェルと名前を変えた上司のもとにいる彼女は、さびしげに笑う。

「ぜんぜん、わかんない」

「そうですか」

別に、それでいい。

モモがフーズヤードに理解を求めていないように、ミシェルだって他人に共感も理解もされたくないはずだ。

誰も追随できないほどに強いのが、ミシェルという人物なのだから。


サハラは閑静な廊下を歩いていた。

『絡繰り世』の中心部だというこの建物は、彼女にとって、あまり馴染みのない造りだ。

聞いた話によると、異世界の日本ではこれが一般的な教育施設であるらしい。サハラやメノウが幼い頃にいた修道院でも座学を学ぶ場所の構造自体は似通っていたので、多人数を収容する建築物というのは同じようなものになるのかもしれない。

ぼんやりと歩いていると、サハラが通りがかった教室が一つ、消失した。

「……うわっ。なにこれ」

突然消えた空間は、すぐに周辺の壁が動いて補完されていく。

数日前から、この施設に寝泊まりをしているが、時々こういう不可解な現象が起こる。そもそも外観以上のスペースがあるあたり、内部空間が原色概念でおかしくなっているのだろう。

「『絡繰り世』にいるんだから、いまさらよね……」

深く考えないように目を逸らすと、青い瞳と視線がぶち当たった。

「よ、サハラ」

軽い口調の男の声で狼が話しかけてきた。

ギィノーム。

青い毛並みが美しい狼である。人型にもなれるらしいが、他の魔導兵たちと違って特に必要がなければ狼の形態を維持している。

「なんか大変そうね。いま、そこの教室が消えたわよ」

「ああ、大したことじゃねえよ。お前らのおかげで、中心部を自由にできるようになったからな」

数ヶ月前に、アーシュナと合同で行っていた『絡繰り世』戦線の戦いである。複数勢力に分かれていた魔導兵たちは、アビィ一派によって淘汰されることとなった。

「……この学校って、そんなに重要?」

サハラからすれば、ただの変な建物にしか見えない。

位置的に『絡繰り世』の中心というのはわかるが、機能的な意味があるとは思えない。

「そりゃそうだ」

狼が笑う。

「我らがお父母さまの【器】がここにいるんだからな。基本的にこっからしか原色の輝石は供給されねーし、逆に言えば、ここからなら『絡繰り世』のどこにでも、ある程度の干渉はできるんだよ」

ギィノームやアビィが「お父母さま」と呼ぶのは、四大人災（ヒューマン・エラー）『絡繰り世』の根源。純粋概念【器】の人災（ヒューマン・エラー）だ。

「半年前までは、そりゃひどい食い合いだったんだぞ?　この中心地に接しているのは、ほとんどが年長の三原色の魔導兵どもでよ。新しく三原色が生まれるたびに年長者が年少者を食ってデカくなる。俺（おれ）たち魔導兵から見た『絡繰り世』はそういう世界だったんだよ」

「その食い合いを、メノウとアビィが終わらせたってわけね」

「そういうことだ」

平和的に収めたわけではない。いまギィノームが言った年長者に勝利し、駆逐（くちく）することで一つにまとめたのだ。

「おかげでようやく、俺たちは次に進むことができる」

「そう。それじゃあね」

意味深に笑ったギィノームに別れを告げて、サハラは寝泊まりしている教室に戻る。

元はなんの設備もない教室だったが、サハラたちが来たのに合わせて設備が持ち込まれている。サハラが要望するとギィノームがつくってくれるのだ。

『絡繰り世』に移動してから、数日。

サハラにとって意外に平穏な日が続いていた。

「いいわね、やることないって。久しぶりにのんびりできそう」

見事に甘やかされたサハラは満たされていた。その態度に、反発の感情を抱く者もいる。

「あたし、すっごく居心地が悪いんだけど」

マヤである。先に教室にいた彼女が不機嫌な理由は簡単だ。というか、マヤの格好を見れば一目瞭然だ。

素肌がほぼ出ないようにされている。手袋やマスクというレベルではない。新しいタイプの防疫態勢かなという有り様である。

こんな格好を強要されて、機嫌がよくなるはずがない。

「仕方ないいんじゃない？　マヤってほら、あれじゃない。ここに来た時のことも考えると、ね？」

「じゃあサハラはどうだっていうのよ！」

そこはかとなくここ『絡繰り世』とマヤの原罪概念の相性の悪さを指摘したが、むしろ感情の逆撫でにしかならなかったようだ。マヤが着せられている防護服を脱ぎ捨てて、むんずとサハラの腕を摑む。

「サハラの肉体っ。あたしの力が混ざってるんだから、原罪概念でしょ⁉　それで触って大丈夫なの、おかしいじゃない！」

「私は、ほら。遺跡街でなんかパワーに目覚めたから。例外なんじゃない？　知らないけど」

遺跡街でゲノムと戦った時、腕の中で導力が膨れ上がった。その時のことを免罪符にする。

実際問題、サハラは触っただけで魔物を生み出すようなことはできない。

「納得できない！　絶対おかしい！　下僕がチヤホヤされてあたしが冷遇されるとか我慢ならないわ！」

二人が仲よく騒いでいた時だ。

窓から見えた影に、サハラがとっさにマヤを抱えて床に伏せた。

「きゃう⁉」

マヤが小さな悲鳴を上げる。その悲鳴をかき消す破砕(はさい)音を立て、窓を突き破って、なにかが入ってきた。

すわミシェルの襲撃かと息をひそめたが、サハラの早とちりだ。

「メノウ⁉」

メノウが、外からすさまじい速度で教室内部に叩き込まれたのだ。

メノウが戦闘状態にあるとなるとただごとではない。

「伏せたままでっ！」

メノウの鋭い警告に、サハラは体をこわばらせる。

吹き飛んできたメノウに続いて破壊された窓から入ってきたのは、アビィだった。

救援に来たのかと思ったが、様子がおかしい。

「ちょ、なにしてるの⁉　ケンカっ？」

事情を把握できていないマヤがうろたえている。彼女は直接的な戦闘能力は普通の子供と大差ない。メノウとアビィの戦闘などに巻き込むわけにもいかないと、サハラがマヤを抱える。

「アビィは精神汚染されてるわ！」

メノウの説明は簡潔だった。それ以上、説明の機会がなかったと言い換えてもいい。

アビィが、ぼんっと音を立てて窓枠を踏み台に飛びだす。短剣を鞘に納めたメノウは腰を落として迎え撃った。

『導力：接続――短剣・紋章――発動【疾風】』

短剣を抜き打つと同時に、紋章魔導を発動。居合の挙動を模した動きに、噴き出す【疾風】の推進力を加えた一閃が、アビィの右腕を肩口から切断した。

片腕を失ってもアビィは倒れずに踏みとどまった。残心の姿勢を取っているメノウの首へ、残った左手を手刀にして振るう。

「ふっ」

だが、その間にサハラが割って入った。

鋭い呼気を残し、下方からすくい上げた右腕の導力義肢でアビィの攻撃をブロックする。メノウが一瞬驚きに目を見張りつつ、その隙を逃さずに頭部に短剣銃を叩きつけた。

『導力：接続――短剣銃・紋章――発動【導枝】』

刃から発生した導力の枝が、アビィの端末を内部から破砕した。

硬質な音を立てて、あでやかな女性の体が打ち砕かれる。

だが、これで終わりではない。固唾を飲んで見守ると、砕け散った場所に先ほどと同じ姿の女性が現れた。

アビィの端末だ。彼女は致命傷を負うと肉体が砕けて消失し、新しい体が供給されるようになっている。

もしも精神支配が本体にまで及んでいるようならば、延々とこの戦いが繰り返される。その覚悟でもって、メノウとサハラの二人は厳しい視線を彼女に向ける。

「うっがぁあああああ！　ハッキングされた！　最悪!!」

吠えたのは、明らかにアビィの自由意志だった。

「ごめんね、メノウちゃん……ああ！　もしかして妹ちゃんにも迷惑かけた⁉」

サハラに駆け寄るアビィの態度は、完全にいつも通りである。どうやら一段落ついたようだと、三人は肩の力を抜いた。

「大口叩いておいて、あたしたちに迷惑かけてはっずかしー！」

「なにもしてないおこちゃまに言われたくない！　あああ、それにしてもあんなあっさり端末乗っ取られるなんて……！」

メノウは二人の言い合いは慣れたものだと声をかける。

「意識がちゃんと戻ったのはいいけど、さっきのは『星骸』に接続しようとしたのが原因だったのよね」

「そうだね。ハード面の環境制御塔だけど、修復はほぼ終わってる。機能的にも復旧したって言っていい状態だよ。だからこそ接続できたソフト面の魔導構成が厄介で……例の起動キーとやらがないと、管理権限は取れない」

「……そっか」

どうやら乗っ取られていた最中の言動の記憶があるらしいアビィの言葉に、メノウは腕を組む。

行き詰まってしまった。『星骸』の管理者権限を得ることができれば、ハクアや異世界召喚陣など、メノウの対応できる事柄が一気に増加する。だからこそ環境制御塔の修復に時間をかけていたのだが、人間以上の魔導処理能力を秘めているアビィで管理者権限を得るのが無理なら、いまの人類には『星骸』を操るのは到底不可能ということになる。

「起動キー、か。たぶん知ってるはずの硒乃も、もういないし……マヤ」

「知ってるわけないわ」

メノウの呼びかけに、マヤが先回りして返答する。

「あたし、『星骸』が異世界送還陣だって知ったのすら最近だったのよ。その起動キーなんて知ってるはずないわ」

「そうよね……」

詰んだ。千年前の起動キーが記録に残っているわけがない。せめてなにか手掛かりがあればと、そこまで考えて別方向の発想が生まれた。

さっきの、防衛機能。

アビィを乗っ取るほどの魔導は、どこから発生したものなのか。

千年前に作られたものを守るための魔導だ。あれ自体が、千年前の仕掛けに決まっている。ならばその魔導を制御し続けている場所が、どこかにあるはずだ。

「おーい。楽しそうなところ悪いけど、ちょっといいか」

メノウが考え込んだタイミングで入ってきたのは、青い毛並みの狼である。口になにかをくわえたギィノームが、てこてこと四人に近寄る。

「姉貴が乗っ取られたとかいう面白そうな話はあとで聞くとして――」

「やだよ！　黒歴史だからっ。ギィ君！　他の子たちにも、ぜーったい秘密にしてね」

「――ほら、これ見ろ」

　アビィのお願いを無視して机に前足を乗せて伸び上がったギィノームが、口からぽいっと机に小型の導器を置く。映像の投影導器だ。導力光が結びついて、どこかの風景の上空視点の立体映像が映し出される。

「敵さん、予想通りに大規模なことをやらかしてくれてるわな」

「私の平和の邪魔をするやつがいるなんて許しがたいわね……って、うわ」

　映し出された映像に、サハラが顔をしかめた。

　立体映像はメノウたちも『絡繰り世』に入る際に使った空間の穴の付近だった。だが、数日前に比べてずいぶんと風景が変わっている。

　多くの人間が行きかい、線路を引き込んで資材を運び込み、教会を中心にして広がる街並みを構築している。まるで街の開拓現場だ。

　それを見て、マヤが小首を傾げる。

「なんでいっぱい建物を造ってるの？　そりゃなにもなかったから不便だろうけど、のんびり生活環境を整えている場合なのかしら」

「ただの建物じゃないわ。これは、儀式場よ」

「メノウの言う通りだな」

ギィノームが、映像を上空からの遠景に切り替える。

「さっき、この周辺の空間が消失した。儀式魔導で、『絡繰り世』を構成している原色素材を削りにきている」

「ああ……そういえば、さっきなんかやってたわね」

サハラは先ほどの廊下での一幕を思い出す。あの教室が消えたのは、そのまま『絡繰り世』の一部が消失したことを意味していたらしい。

「敵地で儀式場造りとは、さすが、相手もいい度胸してる」

「そうね。儀式場を造るのは予想してたけど、ここまでの規模だとはね……。破壊は無理でも、遅延くらいは狙わないといけないわね」

「そう。頑張って。私の穏やかな平和のためにも」

「どうして他人事なのかしら」

ひらひらっと振っていたサハラの手を、メノウが摑む。

ちょっとふざけすぎたかと手を引っ込めようとしたサハラだが、思いの外がっちりと摑まれていることに気がついた。

「え？　だってメノウが行くんでしょ。そうでなくとも、なんか魔導兵たちが頑張ってくれるじゃん。私、いらない子でしょ」

「魔導兵たちは『星骸』の分析に手一杯よ。動ける人間が動くべきね」

「ゆ、有能なメノウが行けばいいと思う」

面倒ごとは可能な限り他人に押し付けようと算段を立てるサハラに、笑顔のままのメノウが首を横に振る。

「暇な人間が動きなさい」

死刑宣告だった。

「い、嫌よ！　ミシェルとかいるところに私が行ってなにができると思ってるのメノウは⁉」

「大丈夫大丈夫。それに私は、マヤとやらなくちゃいけないことがあるの」

「あたし？」

自分を指差すマヤにメノウが頷く。

「そう。マヤにしか頼めないことを、さっき思いついたのよ」

アビィが乗っ取られた原因は、千年前に設定してあった【器】の産物だ。

『星骸』の起動キーは、製作者である【器】の純粋概念の持ち主から情報を得ればいい。

「【器】に会いにいくために、マヤには同行をお願いするわ。だから、サハラ。頑張ってね」

マヤがあっかんべーをしながらメノウの横につく。ここ数日の鬱憤が溜まっているのだ。

ひょいっとメノウの足元から、狼が顔を出す。ギィノームだ。

「話はついたか？」

「ええ。そこの暇人を連れていって」

「話、ついてない。私、同意、してない」

サハラが言葉を区切って主張するが、まったくの無意味だった。体を伸ばしたギィノームがサハラの襟をくわえて引き倒す。

「じゃあ、末妹は借りてくぞ」

「好きにして。やればできるから、その子」

ギィノームはサハラの抵抗などないものとして、ずるずると引きずっていった。


「ミシェルちゃんはさ、なんで戦ってるの」

突然の質問だった。

ハクア直轄の神官にして【使徒：魔法使い】という称号を持つミシェルは、まじまじといまの問いをした人物を見つめてしまう。

短くないミシェルの人生の中で、ここまでデリカシーのない質問は初めてかもしれない。内容にデリカシーがないというよりは、態度の問題だ。まるで自分があなたと親しいから他人に言いにくいことも教えてくれるよねと言わんばかりの態度が非常に不愉快である。

殴るか、怒鳴るか、はたまた質問を無視してここから自分が立ち去るかで迷ったミシェルは黙殺することにした。フーズヤードの特異な才能には一目置いているが、それと彼女の人格への好感度は別の話だ。

「あ、なんで無視するのかなっ」

フーズヤードから視線を外すと、文句が飛んでくる。見た目は大人しいのにこの押しの強さ。うっとうしいの一言である。

「あのね。わたしはね。五歳くらいの時――」

なぜか身の上話を始めたフーズヤードを無視するために、昔の記憶を思い出す。

戦う理由に疑問を覚えることすらないほどに、ミシェルの人生は戦いの連続だった。

千年前は、いまとは違う名前で戦っていた。というよりも、多くの名前を使い分けて傭兵として戦場を渡り歩いていた。個人を特定させないための処世術だ。

「ミシェル司教。報告があります」

フーズヤードを遮(さえぎ)ってくれたのは、儀式場の建築のために呼び寄せている神官のひとりだ。作業員の多くは第三身分(コモンズ)だが、場所が場所だけに第一身分(ファウスト)の神官も多く配置している。

「どうした？」

異常事態が起こったのかと問いかけてみるが、神官は立ち尽くしたままだ。

「報告が、ほう、こ、くくくくう」

『導力：接続――教典・三章一節――発動【襲い来る敵対者は聞いた、鳴り響く鐘の音を】』

ミシェルの視界が、導力光で埋め尽くされた。

教典魔導だ。頭上に構築されていく教会の鐘を仰ぎつつ、彼女はフーズヤードの襟を摑む。

「え、え？　なんで攻撃されて……うぎゃん！」

「退いていろ」

神官だとは信じられないほど鈍臭いフーズヤードを力任せに放り投げた直後、鐘が左右に振られた。

広範囲に破壊をもたらす音響が鳴らされる。直下にいるミシェルに、教典魔導があますことなく直撃する。

回避はおろか、防御魔導も発動していない。普通の人間ならば、頭部にある穴という穴から血を吹き出して破裂させる威力がある魔導だ。

ミシェルは、無傷だった。

「……っ⁉」

攻撃をした側の神官がたじろぐ。

ミシェルは特別なことはしていない。ただ彼女の全身が導力光の燐光を帯びていた。

教典魔導を、導力強化だけで受け切ったのだ。

どれほど導力的な才能がある人間でも、教典魔導を受けて無傷ですませることができる人間はごく少数だ。そもそも教典を発動させることができる人間自体、導力的な才能に優れているのだ。

「精神汚染……この空間に、絡まれたか」

ミシェルがいま教典魔導を放った神官をにらみつける。

反応が遅れたのは避ける必要すらなかったからだ。教典魔導といえど、使い手によって威力も精度も大きく変わる。己を傷つけようもない程度の攻撃だったせいで、フーズヤードを逃す必要があることを失念してしまい、少々手荒になってしまった。

正気を失っている神官が片手剣を抜く。彼女も導力強化を発動して、ミシェルを目掛けて斬りかかってくる。

この異質な空間で精神汚染を受けたせいで、絶対に勝てない相手を敵にして「逃げる」という判断もできなくなっている。

ミシェルは一瞥もくれずに剣を素手で掴み、握りつぶす。

武器を失いうろたえた神官の額に、指を当てる。

『導力：接続――肉体・神官――外部侵入――』

魔導を発動させるためではなく、ただ導力を相手の人体に流し込む。

ミシェルの導力に全身を蹂躙された神官は、電流で撃たれたように、びくんと震えて気絶した。

人間同士の導力は、反発する。人間の肉体は他人の導力に拒絶反応を起こすようにできている。

だからこそ、精神汚染をされた場合、無理やりに他者の導力で洗い流すのも一つの手段だ。

「……こう邪魔をされると面倒だな」

ミシェルは腕を振るって意識を失った神官を床に転がす。

精神防御が未熟な神官ごとき、百人束になろうが相手にもならないが、そこが問題なのではない。作業要員が減らされる上、こうした騒ぎを起こされて同士討ちが頻発するようでは効率が悪い。

空間から人体の精神に作用する魔導だと、対処法も限られてくる。

仕方ないと息を吐いたミシェルは先ほど放り出したフーズヤードに近寄る。

「いたたぁ……あ、終わった？」

「儀式場を、起動しろ」

「え？」

ミシェルの命令に、フーズヤードが目を丸くする。

驚くのも当然だろう。儀式場建築の進捗はまだ半ば以下だ。試動するタイミングですらない。

だが度し難いことに、歯車に縁取られた眼鏡の奥の瞳が、すぐさま期待に輝く。

「いいの？　まだ、不完全もいいところだよ」

「部分的にで構わん。こちらが殴り返せることを知らせねば、敵が図に乗る」

「えへっ」

フーズヤードの表情がとろけた。

「じゃあ、やるね」

自分を常識人だと思っている奇人ほど厄介なものもない。

フーズヤードの表情を見て、ミシェルはまざまざとそれを実感した。


この星に、知的生命体は二つの種族が存在する。

一つは人類。異世界人も含まれる。自分たちこそが万物の霊長だと自負している、大陸の支配者である。

もう一つが、三原色の魔導兵だ。

導力を生成する鉱物、原色の輝石で構成された空間生命体である彼らは、独立した知性体であり、独自の世界を持つ。彼らは個体数こそ少ないが、人間を凌駕する知能を誇る。

その中の一体、青い狼の姿をしたギィノームは場を仕切るために口を開く。

「よーしお前ら、オレの話を聞く気になったかぁ？」

『絡繰り世』中心部にある校舎の教室の一室。教卓に前足を乗せて伸びているギィノームの言葉に、教室の騒ぎは一切収まる気配を見せなかった。

「やだ」

「キモっ。何様？」

「おねーちゃん出せおねーちゃんを！　兄貴なんざいらんわ！」

「ねー、あたしのペットどこ？　ねーねー、誰か知らない？　あたしの作ったペットよ。ねーねーねー。赤ドラちゃんよ。原色ノ赤石だけでつくった真っ赤なドラゴンちゃん。ここ最近でピカイチかわいくできたやつ」

反抗的な弟妹の中でも一番自由な発言をしている緋色の髪を持った少女がうろうろと徘徊している。ギィノームは弟妹たちの反応を無視した。ギィノーム以後に発生した魔導兵は、アビィが甘やかしすぎたせいでわがままなのだ。

「言うまでもないが、オレたちの目的は方舟だ。人類たちと決別する。そのための導器は完成した」

「あ、知ってる。かわいそうな子でしょ」

自由行動をしていた緋色の魔導兵がぱっと顔を上げる。

「あたしがつくったら、もっとかわいくしたげのにね。めっちゃ中途半端で、見ててムズムズするんだよね」

「やっとできた土台が万魔殿にかっさらわれたんでしょ？　原罪魔導との合作とか、まじウケる」

「生体部品の可能性を感じるよな。あれだけは俺らじゃつくれんし」

「原罪魔導の肉がくっついてるせいで魂の経路が断線してるから、自殺行為している自覚もないんだろうな。かわいそう」

「核が壊れたら死ぬのに核がむき出し状態だもんな、あの子。憐れだよ」

「お前ら……オレの話を聞く気、あるか?」

一言であっという間に脱線する。収拾がつかなくなってきた時、がらっと扉が開く。

「おねーちゃんだよー！　みんないい子にしてたー?」

「してたよー！」

アビィの登場に、わぁっと歓声があがる。真っ先に緋色の髪の魔導兵がアビィに飛びつく。自分との差にギィノームが舌打ちするが、弟妹の気持ちに共感できる部分もあった。ここ
『絡繰り世』において、彼女の人望は絶大である。それだけのことを、アビィはした。

なにせここにいる魔導兵は、アビィがいなければ間違いなくかつていた兄姉に食われていた。

「さて、みんな。ギィ君が説明してくれたと思うけど、私からも言わせてね」

アビィはぐるりと教室の面々を見る。ここにいるのは、彼女が保護し、彼女が守り抜いた者ばかりだ。

「導力による第三種永久機関は完成した。私たちの故郷に、ようやく辿り着けるんだ」

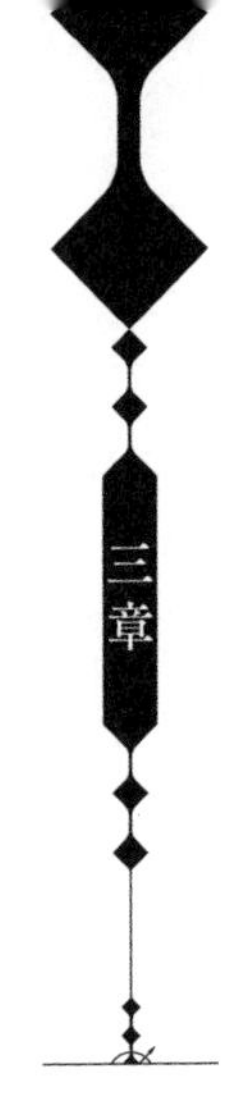

三章　扇動

「故郷が欲しいんだ」

　アビィが討滅を望んだ魔導兵を全て倒した後に、彼女はそう言った。

「故郷？」

「そう。私たち魔導兵の故郷が欲しいの」

「『絡繰(からく)り世(よ)』は違うの？」

「ここが？」

『絡繰り世』こそが魔導兵の生まれる地だ。そう思ったメノウの問いを、アビィが鼻で笑う。

「知ってるよね。『絡繰り世』は、私たちそのものなんだよ」

　空間知性体。

　導力でできた空間が高度な知性を持ったのが、彼ら三原色の魔導兵だ。メノウがいまいる場所も、アビィの体の一部にすぎない。人間からしてみれば、胃の中が故郷なんじゃないの、と言われたようなものだろう。

「私たちは、生まれた場所から動けない。せいぜいこうやって端末を派遣するのが限界。しかもね。自分の中にある素材が組み合わさって同じ空間生命体が生まれたら……基本的に、相手を食い尽くすんだ」

それが、三原色の魔導兵の生態ともいうべき特徴だ。

「だからね。私たち魔導兵が、奪わず、争わず、触れ合える。そんな場所が欲しい」

「こうして争ってるのに？」

本末転倒ではないだろうか。そう思うメノウに、アビィはにこっと笑う。

「私より上の兄姉は、もうダメだったんだよ。奪うことに、慣れすぎた」

ダメと言っている対象にはアビィ自身も含んでいるのだろう。

三原色の魔導兵たちにとっては、自分の同族とは最上級の素材でしかない。お互いが食い合う関係であり、アビィもその闘争に参加している。

「だから、つくるしかない。私たちが生まれても、それが誰一人にも批難されることのない、安心できる居場所を」

「それが、あなたの動機？」

「うん。そうだよ」

己の動機を明かしたアビィは、大人びた外見にはそぐわない顔で照れくさそうにはにかむ。

「変かな？」

「変ではないと思うわよ」

メノウは、故郷というものを知らない。それに固執する感情にも共感はできない。もしかしたら修道院が故郷と言えるのかもしれないが、モモも導師『陽炎』もいないあそこにさしたる思い入れはない。

「私にはわからないけど、素敵だと思うわ」

メノウにはないものだからこそ、居場所が欲しいというアビィの夢に微笑んだ。

◆

「君の願いは、叶わない」

瞳に星を宿す女は、モモに告げた。

聖地でメノウと別れたモモは、遺跡街を訪れていた。アカリを隠すための居場所探しだ。いつまでもアカリをキャリーケースに入れて持ち歩くわけにもいかない。人目のつかないところにアカリを隠し、そこを拠点にしてモモ自身はメノウのために動こうと思っていた。

遺跡街は、隠し場所の候補の一つだった。地下深くにある吹き溜まりは、内部に入ってさえしまえば、第一身分の目も届かない。

そこで出会ったのは、一体の魔導兵だった。

「願いは、叶わない？」

モモは警戒心を滲ませる。

地下深くでモモの来訪を待ちかまえていたのは、明らかに特殊な相手だった。星崎硒乃と名乗った彼女は、モモの警戒に気を払った様子もなく、にっこり笑う。

「モモ君。君は大切な人を守りたいんだろう。けれども、その目的の達成には困難を極める」

ぱん、っと両手を鳴らす。

柏手でモモの意識をひいた硒乃は、ゆっくりと両手を広げる。

「なぜなら、彼女は結局、自分自身を犠牲にすることを選ぶからだ」

面識もないはずの相手からの断言だというのに、奇妙なほど説得力がある。

「だから協力したまえ」

モモは敵意をむき出しにしてにらみつける。

ほんの十分前に遭遇したばかりの関係だ。協力するには、お互いのことを知らなすぎる。なにより、提案者である目の前の胡散臭い人物の言葉を信じる理由がない。

「私には、お前が自分の目的のために私たちを利用しようとしているとしか思えません」

「そうだよ？」

【星】の純粋概念。

未来を見通す女は、モモの言葉をあっさりと認めた。

「ボクは君たちを利用しようとしている。だって、ボクの目には先が見えているからね！　天才美少女たるこの星崎廼乃ちゃんのために、未来を都合よくしようともするさ。君も君の目的のためボクの予言を利用すればいいんだ」

星崎廼乃は、軽快に笑う。

「互いを利用し合うことを、協力と呼ぶんだぜ？」


モモは、目を覚ました。

夢見の悪さと寝起きの不愉快さに、起きて早々盛大に顔をしかめる。

「……いま思い出しても、腹が立ちますね」

星崎廼乃。

黒い瞳に星型の導力光を浮かべた【星】の純粋概念の持ち主。未来を知ることのできる彼女特有の、なにもかもを見通して先回りしてくる話術は非常に苛立たしいものだった。交流もないのに理解者面されるというのは、ああも不愉快なのかと学んだものである。

寝起きの気分の悪さを引きずったもの憂げな瞳のままシャワーを浴び、神官服を身につける。持ち物の中で一番大切なシュシュで桜色の髪を二つ結びにすれば、準備は万端だ。

モモは窓の外に目をやる。

この空間に『朝』という概念はない。『絡繰り世』を閉じ込める太陽は常に一定の高さを保っている。もしも時計がなければ、時間感覚はあっという間にズレていくだろう。

空気に色が混じる世界の中で、多くの人間が作業に励んでいた。

儀式場の建設は順調だ。北大陸を走る路線の最寄りの駅から『絡繰り世』まで急場の線路を敷き、導力列車で必要となる資材を運んでフーズヤードの理論に従って場を構築する。第一身分(ファウスト)の強権を振るって急ピッチで進めただけあって、とてつもないスピードで完成に近づいていた。

魔導空間である『絡繰り世』に対して、儀式魔導で対抗する。その発想自体は昔からあった。魔導で構成された空間なのだから、魔導で消し去ることができるというのは道理なのだ。有効と判断されながらも、誰もが実行に移せなかった理由は単純だ。

『絡繰り世』の内部には、龍脈がない。

別世界と評されるほど巨大に膨れ上がった『絡繰り世』に対して、儀式魔導を発動させるだけの導力源が存在しなかったのだ。

大規模な魔導現象を引き起こす儀式魔導のエネルギー源は、ほとんどの場合、大地を流れる導力――地脈に頼っている。

人間の導力は、他人のものと重ねると拒絶反応が出る。個人差による拒絶反応があるために一つに束(たば)ねて大規模な魔導発動をすることができない。他人と導力接続が可能なのは、非常に強い信頼関係で結ばれている者同士か、自分と他人の境界線が曖昧なくらい自己の人格を重要視しない特殊な人間くらいだ。

いままでエネルギー源がないという課題を抱え続けていたのに、モモたちが儀式場の建設を進めるという選択肢を採用することができたのには、もちろん理由がある。

モモは急ピッチで作られている街の中央部にある、建設途中の教会に入る。

「お疲れさまでーす！」

「……モモか」

礼拝堂には、ミシェルがいた。

儀式場の建設が始まってから多くの時間をこの場所で過ごしている彼女に、モモは人懐こい笑顔で問いかける。

「どうですか、居心地はー？」

「いささか退屈だな」

モモに声をかけられたミシェルは、読みかけの本を閉じる。

「導力の経路がつながっているかの確認に必要とはいえ、こもりきりになると気が滅入る」

気弱なことを言いながらも、まったく変わらない声音である。『絡繰り世』を消し去るための儀式場の核は、ミシェルだ。

一人で街一つの導力を賄い続けることができる彼女さえいれば、龍脈がなくとも儀式場のエネルギー源に悩む必要はなくなる。ミシェルから導力が供給される前提で儀式場の建設を進めているのだ。

「この儀式魔導が成功すれば端から『絡繰り世』を消すことも可能だ。奴(やつ)らに逃げ場所はない」

　モモたちはメノウを追って、『絡繰り世』の内部までやってきた。魔導兵を味方につけたメノウたちにとって、『絡繰り世』は有利な場所だ。だからこそ、その空間を丸ごと消し去ってしまおうというのがミシェルの案だった。

「でもぉ。『絡繰り世』ってグリザリカ方面にも、出口はありますよねー」

　モモの発した懸念は当然のものだった。

『絡繰り世』を通常の空間と切り離している白夜の結界が北大陸と繋がったのは、むしろごく最近である。長年、人類を襲い続けた空間の穴は大陸東部に開いている。

　メノウたちの拠点は、そちらだ。『絡繰り世』を消していってグリザリカ王国に駆け込まれてしまっては数ヶ月前の膠着(こうちゃく)状態に逆戻りである。

　モモの問いに、ミシェルは口元を歪(ゆが)める。

「グリザリカ方面へ行くなら、むしろ好都合だ。あちら側とは、すでに話はついている」

「そうですかー」

　誰(だれ)と、なんの、とは問いかけなかった。

　ミシェルの口ぶりから、その情報は引き出せないとわかったからだ。

「しかし、敵もこのまま黙って見過ごしはしないだろう」

「それはそうですねぇ。そこまでバカだったら、ミシェル先輩からここまで逃げ続けられたわけないですしねー」

　この儀式場の欠点は、導力を供給し続けるミシェルが動けなくなるということだ。敵側も、本来ならば導力の供給源がないこの状況で儀式場の建設を進めているのを見れば、なにを儀式場の核にしようとしているのか予想できるはずだ。

　最大戦力が欠けるこの状況は、敵からすれば、攻撃の格好の機会になる。

　モモの予想を裏付けるかのように、どぉんと地鳴りが響いた。

　続いて銃声と、それに対抗するための魔導構成の気配。教会の中にまで慌ただしい空気が伝わってくる。

「来たぞ」

　突然の襲撃にもまるでうろたえた様子のないミシェルの瞳が、モモを見据える。

「行ってこい」

　内心を見通したかのような視線が、どういう意図をはらんでいるのか。

　どちらにしても、モモの目指すものは変わらない。

　にっこりと満面の笑みを浮かべる。

「はーい！　ミシェル先輩のお手間はかけませんとも！」

　悔しいが、星崎廼乃の台詞にはひとつだけ心から同意できることがある。

互いを利用し合うことを、協力というのだ。

戦場にあって、自分の身を危険に晒さなくていい立場がある。

前線で泥まみれになって戦う一方、後方で優雅にお茶を飲む時間すらある。

指揮官という、戦場でも特別な立場である。

サハラは遠く離れた場所から、魔導兵を動かしていた。

今回のサハラの役目は、安全な位置から魔導兵を動かせばいい簡単なお仕事である。指揮官という立場は本来ならば勝敗への重圧やら人命を背負っている責任感があるのだろうが、この戦いで消費されるものは自意識がない魔導兵ばかりなので、どれだけ壊されようとも罪悪感もない。

「ミシェル相手に戦えとか言われた時はどう逃げようかと思ったけど、これなら悪くないわ」

手のひらサイズの通信兵で遠方にある相手の儀式場を映し出しながら、襲撃を仕掛ける地点を指定する。サハラの指示で魔導兵を動かし、建物を狙って攻撃すればいい。

いまミシェルたちが構築している儀式場は、あまりに広範囲だ。ミシェルがいる教会のある街を中心として、線路で繋いだ小さな村を造って広がっている。要所に第一身分が配置されているが、すべてをカバーしきるのは不可能だ。いくらでも隙はある。

悪くない。なかなか悪くない立場である。

「素晴らしいわね。戦いとはこうあるべきだわ」

　もともとの近接戦から狙撃へ、そしてとうとう戦場から離れるという進化を遂げているサハラだった。

　通信専用の魔導兵から得たマップ情報を参考に、兵器として与えられた魔導兵を配置していく。【赤】【青】【緑】の種別で特性の分かれる魔導兵を使い分け、主力の大部隊で儀式場の破壊をすると装いつつも、少数の魔導兵で資材の供給線である線路を狙う。

　ギィノームから、単色の意思のない魔導兵なら存分に使っていいと許可は得た。

「もうちょっと【青蜘蛛】が欲しいわね。【赤】の兵隊より使いやすいし。【緑】はいまいちクセが強いから使いどころが限られるのよね……」

　ぶつぶつと呟いて線路を攻撃しているうちに、少数の神官を釣り出すことができた。事前に偵察兵を送ってめぼしい神官がいないことは把握している。ここに魔導兵を集中させていけば倒せてしまえそうだ。

　この一戦で神官を気絶させれば十分だろうと、あくびをしようとした時だ。

　殺気を感じた。

　とっさに前に転がった。サハラの頭があった場所を、真っ白な箱が通過する。

　地面と衝突した白い箱が、轟音（ごうおん）を立てて三原色の土煙を巻き上げる。

「……ちっ」

もうもうと舞い上がる土煙の向こうで舌打ちが響いた。

それだけで、サハラは相手の正体を悟った。

「……野生のスーパーピンクゴリラが現れたわね」

「お前よっぽど殺されたいらしいですね」

苛立ちたっぷりの台詞と同時に土煙が晴れる。サハラがつけたニックネームが気に入らなかったのか、不機嫌な顔をしている。桜色の髪をシュシュで二つ結びにした神官など、一人しかいない。

モモだ。彼女の神官服が白から藍色に変化しているのを見て、サハラも舌打ちをする。

「出世したんだ。おめでとう。そのまま管理職になって内勤で引っ込めば世界が平和になるわ」

「どういたしまして。世界を平和にするためにお前みたいな害虫の駆除に励もうと思います」

さらに濃密になったモモの殺気に、じりっと後ずさる。いきなり襲いかかってきたモモの態度に警戒しただけではない。彼女の腕に、異端審問官の地位を示す腕章が付いているのを見つけたからだ。異端審問官といえば自分たちを追い回しているミシェルと同じ立場である。

「それにしても……なんで、この場所がわかったの?」

「その魔導兵」

モモが、映像を投影している小型の通信兵を指差す。

「遠方の景色の映像を送る時、導力を使ってるんですよ。映像を送信している魔導兵を見つけて、そこから指向性のある導力をたどっていけば、ここに到着したっていう寸法です」

「たどるって……魔導兵の通信を逆探知する方法なんて、あった？」

「遅れてますねぇ。十年前で頭止まってるんですか？」

通信兵が発する指向性の無線導力は、人間に探知できるレベルではないはずだ。

そんなサハラの常識をあざ笑ったモモが、眼鏡（めがね）を外して見せびらかす。モモの変化に興味がなさすぎて気がつくのに遅れたが、彼女は歯車のついた眼鏡をかけていた。

「やりようによっては、視えるんですよ。どっかのもの好きが開発した紋章魔導があるんで」

いわずもがな、フーズヤードの眼鏡である。予備があったので強奪（ごうだつ）してきたのだ。

「視えた導力の種類を見分けるクソ講義を聞くのは面倒でしたが、無駄にはならなかったですね」

『導力：接続──糸鋸・紋章──発動【固定】』

【固定】のかかった糸鋸を柄にして、モモのキャリーケースが、あっという間に巨大な槌（つち）に変貌する。【固定】を解除すれば柔軟に動くフレイルになるだろう。紋章魔導が刻まれた糸鋸と真っ白なキャリーケースを組み合わせることで、変化する武器となっているのだ。

半年前よりも重装備になったモモに、サハラは感嘆の吐息をこぼした。

「へえ。似合ってるわよ。ゴリラに相応（ふさわ）しい力任せの装備になったじゃない」

「そっちのおてては変わりないみたいですねっ」

会話の途中で、モモが踏み込んだ。

糸鋸を持ち手としたキャリーケースが、ぶうんと空気を抉る音を立てた。

導力強化をしたモモが重量武器を振るえば、とんでもない威力となる。処刑人という隠密の立場を捨てたことで、怪力を遺憾なく発揮する方向に切り替えたのだろう。

サハラが腰を落とすのが一瞬遅れていれば、首から上が吹っ飛んでいた。その場で尻餅をついて後方に転がって距離をとり、立ち上がって構える。

『導力：素材併呑――義腕・内部刻印式魔導陣――』

サハラは導力義肢である自分の右腕を戦闘起動させようと導力を流し込む。

『起動【銀Noこt――』

なんの手ごたえもなく、導力義肢の起動が失敗した。

「は？」

自分の失敗が信じられず、思わずあっけに取られる。導力義肢の戦闘起動の不発など、あり得ないレベルの失敗だ。

だがもちろん、モモが待ってくれるはずもない。糸鋸の先にくくりつけられたキャリーケースを横薙ぎに叩きつけてくる。

「っぶな！」

大きく飛びのいて後退する。

半年前のモモは、糸鋸を単体武器にして【固定】と【振動】の紋章魔導で戦っていた。それから武器の使い方は変化しているが、糸鋸の先に白い箱がついただけとも言える。

それならば、なんとかなる。

重しが付いた分、威力と範囲は広がったが精密さは逆に減じている。一長一短であり、慣れない武器なら隙もできやすいはずだと、虎視眈々と逃亡の機会を狙っていた時だ。

糸鋸の【固定】を解いてキャリーケースを手元に戻したモモが、フタを開いて中に手を入れ、教典を取り出した。

「……え？　教典を入れてるの？　キャリーケースに？」

「そうですよ。なに入れようが私の自由ですよね」

そうは言っても、普通、教典は左手に常備するものである。信仰の表れとされているので、人目につかない場所に置いておくということは、あまりしない。

あっけに取られるサハラの心情を考慮する様子もなく、モモが教典に導力を流す。

『導力：接続――教典・十三章十三節――』

モモが展開する魔導構成の速度は遅い。紋章魔導並みの展開速度を誇るメノウと比べるまでもない。サハラが教典魔導を発動させようとするよりかは早い程度だ。

だが、モモが発動させようとしている教典魔導が問題だった。

『発動【殉教の精神は愚かなほどに、尊い】』

魔導発動と同時に、モモは迷わずサハラに向かって教典をぶん投げた。

「ちょ」

あわてて前に身を投げたサハラの背後で、教典が爆発した。

爆風の熱と衝撃が背中をあぶる。ちらりと涙目で振り返ると、直前までサハラがいた場所に小さなクレーターが穿たれていた。

いまモモが行使したのは、数ある教典魔導の中でも最も使用頻度が少ないと言い切れる魔導――自爆魔導だ。本来ならば機密保持のために教典を爆破する魔導であり、自決用に持ち主ごと確実に吹っ飛ばすことを想定しているため威力はかなり高い。

そして当たり前だが、神官の必需品である教典を爆発させる魔導なため、決して攻撃用に使うものではない。やるとしても、教典が破損寸前になっているとか緊急的な使い方のはずだ。

そんな使用頻度の低い教典魔導を行使して、モモは教典をちょっと強力な爆発物扱いしたのである。

「ば、罰当たり！　そんな雑に使い捨てる⁉　あなた一応、正規の神官でしょうが！」

「さー？　教典って内容つまんないですし、大切に扱おうって思えた試しがないんですよ。主とかいう千年前の人間を礼賛している紙切れの束とか、このくらいの扱いが妥当じゃないですか？　……どうせ先輩の映像、消されちゃってますし」

「こ、このピンク頭、常識まで筋肉に変換されたのね……！」

確かに少し驚いたが、次はない。発動媒体である教典が爆発して木っ端みじんになったのだから、モモが教典魔導を使いこなして攻撃してくることはなさそうだ。

ただでさえ導力義肢が起動しないという異常事態に晒されているサハラは、ほっと胸を撫で下ろしたが、それは早計だった。

「次、行きますよ」

「……次？」

次ってなんだと首を傾げるサハラの前で、がちゃんと音を立ててフタを開けたキャリーケースから、モモが次の教典を取り出す。しかも二冊だ。

今度は投げつけるような真似はしなかった。糸鋸のつながったキャリーケースの外面に取り付け、フレイルの原理で振り回して勢いをつける。

ぶぅんと回転する音の重量感に、サハラの顔が引きつった。

「……あの。その箱、教典が何冊入ってるの？」

モモがサハラに対しては珍しいことに、満面の笑みを浮かべた。

「ぎっしりですけど？」

一冊で地面を抉る爆発力のある教典が、人間がすっぽり入りそうなキャリーケースに詰め込まれているらしい。つまりモモが持っているキャリーケースの中身は、弩級の爆弾と化している。

「ねえ！　本当にそんな使い方していいものじゃないでしょ⁉」

「ダメって決まりはなかったんですよね。いまの上司も、特に止めはしなかったですし。発想って大事ですよね」

「思いついても誰一人やろうとしなかったやつでしょうがそれ！　誰か止めてよ！　ていうか、なんでそんないっぱい教典支給されてるのよ⁉　一人一冊でしょ、あれッ」

「異端審問官になった特典ですよっと！」

モモが糸鋸フレイルを振り回す。勢いのついたキャリーケースがすさまじい速度でサハラに迫る。

「くっ」

教典付きのキャリーケースを、とっさに身をひねってかわす。だが当然、モモの攻撃はただの物理では終わらない。

『導力：接続（経由・糸鋸）――教典・十三章十三節――発動【殉教の精神は愚かなほどに、尊い】』

「ぐえ⁉」

教典魔導による爆風に背中を煽られる。糸鋸を経路に導力を通して、遠隔発動しているのだ。ぎりぎりで避けただけでは、教典魔導の爆発を避けきれない。爆風に体勢を崩したところに、間合いを詰めて変形させた槌を大きく振り上げたモモが迫る。

サハラはとっさに右腕を掲げる。

『導力：素材併呑――義腕・』

やはり、導力義肢は起動しない。どころか悪化している。今度は腕にサハラの導力が通らなかった。

「なん――でェ！」

サハラの導力義肢と槌が衝突する。

あっさりと白い箱が吹き飛んだ。

あまりにも手応えなく競り勝ってしまった事実に、サハラは硬直する。予想外なほど衝突の感触が軽い理由は単純だ。

モモが衝突の瞬間、柄となっている糸鋸の【固定】を解除したのだ。

ぶつかり合いに意識を割いていたサハラの周囲を、解けた糸鋸が取り囲む。

サハラの脳裏に、半年前の戦闘の結末が浮かぶ。モモが、持ち手を絞った。

「ぐっ」

喉を糸鋸で締め付けられる寸前、サハラがとっさに導力義肢を間に入れる。ギリギリ間に合った。いつかのように、首が飛ぶのは避けられた。

「こ、んの……！」

サハラが自分の導力義肢に意識を集中させる。

「なめんなっ。私にはゲノムを倒したなんかすごいパワーが発動――」

「お前、さっきから魔導発動を失敗してますよね」

鋭い指摘に、ぎくりとする。

何度も導力義肢に導力を通そうとしたが、結局、ゲノムを倒した時のようなエネルギーは発生しなかった。

サハラは二度の失敗で悟っていた。

導力義肢の内部から、導力が発生しない。あの時のように、外部から取り込む必要があるのだ。もしくはあの時、サハラの義肢が変容した時の一度きりのものだった可能性すらある。

「事情は知りませんけど、お前の導力義肢、性質が変わったせいでいままでの魔導が発動しなくなったんじゃないですか」

筋の通った予測だった。

黙り込んだサハラに冷ややかな視線を向ける。

「お前……本当に進歩がないですね。自分の弱さが恥ずかしくないんですか？」

「うるっさい！」

戦闘で進歩しようなどという考えは、メノウに負けた時にとっくに捨てた。

「さて、どうしてくれましょうか」

「ふん、脅しは効かないわよっ」

命を握られた状況ながら、サハラは強がる。

「あんたのことだから、どうせメノウのことを裏切ってるわけないんでしょう⁉」

「そんな当たり前のこと、声に出して確認する必要がありますか？」

ミシェルの部下であるはずのモモが、あっさりとサハラの言葉を認める。

彼女が教会サイドにいるのは、メノウのためだ。モモのことを知っていれば、その可能性は真っ先に浮かび上がる。

だが、とサハラの背中に冷や汗が流れる。

メノウのために教会側に入り込みながらも、この半年、モモからメノウに情報が流れている様子が一切なかったのだ。

ここ半年、サハラはメノウと行動をともにしていた。モモと定期的に連絡を取り合っていれば、いくらなんでも気がつく。

つまりモモは、メノウの意図とは完全に独立した行動をしている。

あれだけ先輩先輩と呼んで慕っていたモモが、あえてメノウと離れて行動しているのだ。つまるところ、メノウに知られたくない行動原理で動いていることは想像にかたくない。

モモの性格上、メノウのための行動が、必ずしもいまのメノウへの協力につながるとは限らない。もしもモモの行動の指針がメノウを止めるためだったら、ミシェルと組んで『絡繰り世』を壊そうとしているという行動にも合点がいく。

なによりモモは「メノウのため」という名分があれば、サハラを殺すくらいはためらいなくやる。彼女がメノウの味方だということが、サハラの命を保証する理由とはならないのだ。

「お前が死んでも先輩、そんな困らないですよね」

モモがさっそく予想通りのことを言い始めた。

「それは……そうかも？」

しかもモモの発言を強く否定できなかった。というか、自分がメノウにとって重要な存在なんですとは口が裂けても言いたくなかった。

「修道院で先輩をいびってましたし。お前みたいな人間のクズを仲間にするなんて、先輩も心が広いですよね」

サハラはちっと舌打ちを飛ばす。

「昔のことをネチネチと……粘着女」

「一生言ってやります。お前が墓の下に入っても言ってやりますよ」

「え？　モモ、私のお墓参りに来るつもりなの？　気持ち悪いからやめてほしいんだけど」

「あー、そうでしたね。お前みたいなやつのお墓を建ててくれるやつなんていないわけなかったですね！」

二人が睨（にら）み合（あ）う。

割と命がかかっている状況でも、モモに対する敵愾心を捨てることはできなかった。

「少しでもミシェルの信頼を得るために、ここでお前を殺すのは普通にありなんですよね」

「わたし、魔導兵にかわいがられてるから！　ここでわたしを殺せば『絡繰り世』を管理してる奴らの恨みを買うわよ！」

ぎゃーぎゃーと他力本願な命ごいを始めたサハラの言葉に、モモが目を細める。

「……いいですか。いまは、邪魔をするなと言ってるんです」

「……いまは？」

「そうですよ」

静かになったサハラに、にっこりと笑顔を浮かべる。モモがサハラに笑顔を向けるのは、脅しで圧をかけるためである。

「取引です。私がいいと言うまで、私の言う通りに攻めてください」

「モモの言う通りに……？」

「そうです。ある程度の邪魔は受け入れます。当然ですが、私が怪しまれない程度の反撃もします」

攻撃をする側のサハラと、防衛を任されているモモ。二人で協力して、儀式場の建築を遅延させようという提案だ。

「そうね……私がムカつく以外のデメリットはないわね」

つまり、サハラの気分の問題である。

「どうせミシェルが動けるようになるまでの茶番です。賢く戦争しましょう」

モモは彼女にとって最重要のことを問いかける。

「先輩は、いまなにをしていますか?」


『絡繰り世』の中心部には、学校の校舎がある。

一見するとただの三階建ての白塗り校舎だが、『絡繰り世』の全体と直結している。この学校内部で魔導的な干渉をすると、『絡繰り世』もそれに応じた変化をする。逆をいえば、『絡繰り世』に変化があればこの学校の内部も変化する。

少し前にサハラの前で教室が一つ、消失したのもその影響である。

アビィの先導で、メノウとマヤは複雑怪奇に入り組んでいる廊下を歩いていた。

「さーいーあーくー」

先導するアビィは盛大に悪態を吐いていた。

「端末乗っ取られるなんて、恥ずかしい恥ずかしい。ごめんねメノウちゃん。迷惑かけたよね」

「いいわよ。気にしないで」

戦闘にはなったが、乗っ取られたアビィの端末を破壊することでことなきを得た。

「それにしても異世界送還陣に、起動キーが必要とはね。誤算だわ」

「硒乃も教えてくれればいいのにっ」

知り合いの不親切にマヤがぷっくりと頬(ほお)を膨らませている。もともと、『星骸』と環境制御塔については硒乃からの情報だったのだ。

しかし硒乃の場合、メノウたちが起動キーを探す行動に出ざるを得ない事態になることも織り込み済みの可能性がある。

メノウたちに、【器】の純粋概念、我堂蘭(がどうらん)と会わせるために情報を伏せる。

そのくらいはするのが星崎硒乃という少女だ。

「なに考えてたのかしらね、硒乃って……」

「あたしにもわかんない……」

人懐(ひとなつ)こくて明るくわかりやすいように見えて、他人を信用せず陰湿でわかりにくい人物なのだ。マヤがそれに気がついたのは、残念ながら硒乃がいなくなってからである。

「起動キーを直接聞きに行くって、ある意味じゃ王道だけど一筋縄じゃいかないでしょうね」

「ふっふっふ。大丈夫よ、このあたしがいるもん！」

マヤが腰に手を当てて胸を張る。実際、【器】の純粋概念と会うにあたって、相性で魔導的な優位に立てるマヤの存在は心強い。

いまメノウたちが歩いている廊下は、外観からは存在し得ないほど長い。手すりのない橋のようなものだ。マヤはメノウの服の裾(すそ)を掴(つか)んで、へっぴり腰で歩いていた。

「ただ……アビィ。魔導兵は我堂蘭が、まだ人として生きてるって考えてるのよね？」

「え」

メノウの確認に驚きの声をあげたのは、マヤだ。黒い瞳を丸くしている。

「そうだねー。確定じゃないけど、まず間違いないよ」

「ええ⁉」

追随したアビィの肯定に、マヤはさらに驚愕(きょうがく)する。

普通に考えれば、千年前の人間が生きているはずがない。ましてや異世界人だ。記憶が無くなれば人災(ヒューマン・エラー)となる。そして【器】は人災(ヒューマン・エラー)となっているはずなのだ。

「まだ我堂が人災(ヒューマン・エラー)になってないってこと？　それで生きてるっていうのもおかしいでしょ⁉」

千年前に生まれていたはずの張本人が騒ぎ立てる。

メノウとアビィは目を合わせて、どちらからともなく肩をすくめる。

「まあ、マヤは最近、人として戻ったからそうなる気持ちもわかるけど……」

記憶さえ戻れば、どれだけの年月が経(た)とうとも人災(ヒューマン・エラー)は人間に戻ることができるというのを証明したのがマヤなのだ。

「純粋概念って、どれも使い方次第では肉体的な不老不死を割とあっさり達成しちゃうのよ」

「それは……わかるけど」

「だから記憶の保持さえなんとかなれば、千年くらいは平気で生き残れちゃうわけ」

雑談をしているうちに長い廊下を、渡り終えた。

アビィが、屋上の扉を開く。

視界が開ける。屋上の中心には、真っ黒なモノリスがそそり立っていた。

「私が案内できるのは、ここまで」

モノリスを前に、アビィが立ち止まる。

メノウも屋上に屹立（きつりつ）する不可思議な物体に近寄る。漆黒というわけではない。様々な色を混ぜ込んだ挙句に、結果としてドス黒くなったという色合いである。

「これが……」

「そう。素材が生まれる場所、我らがお父母さまだよ。正確には、その『自室』の入り口」

見覚えのある質感に、マヤが思わず手を伸ばす。

このモノリスは、かつて一緒にいた浮遊物体を連想させる。千年前より、はるかに巨大化しているが、手触りは同じだった。

メノウも、それを見て呟く。

「人災（ヒューマン・エラー）に、なり続けている人」

一般的には『絡繰り世』こそが人災（ヒューマン・エラー）として認識されているが、アビィたち魔導兵はていた。

【器】の人災（ヒューマン・エラー）について人類よりも深い見識を持っていた。【器】の純粋概念、我堂蘭は精神を分裂させ続けることで、小さな人災（ヒューマン・エラー）を生み続けている。原色の輝石とは、我堂蘭から剝がれ落ちた感情の欠片（かけら）であり、極小の人災（ヒューマン・エラー）そのものなのだとほぼ正解の推論を立てていた。

分裂する精神を犠牲に、我堂蘭は人格を保っている、と。

元は一人の人間の心の欠片が複雑に組み合わさり、やがて、意思をもつ魔導兵が生まれる。

アビィたち魔導兵こそが【器】の人災（ヒューマン・エラー）の一員なのだ。

「でもさ。本当に行くの？」

ここまで来て、アビィが心配そうに声を潜める。

「この中の空間密度は、人間どころか私たちでも入れないレベルだよ？」

「そのために、マヤに協力してもらうのよ」

「……うん。任せて」

異世界送還の魔導陣『星骸（せいがい）』の構築、世界の人々の記憶図書館『星の記憶』の建設、大陸各地への転移の要『龍門』の敷設（ふせつ）。

【器】の純粋概念を持った我堂蘭は、多くの古代文明技術の開発に携わり、構築してきた偉人だ。

「私が帰って来るまで、サハラと一緒にミシェルへの対応、お願いね」

「うんっ、任せておいて！　……勝っちゃっても問題ないよね？」

「もちろんよ」

マヤの影がモノリスの表面を侵食する。入り口ができる。

メノウたちが、『絡繰り世』の真の中心部に足を踏み込んだ。


メノウたちの姿が、モノリスの内部に吸い込まれて消えた。

「うーん……星崎廼乃の、予言通りかぁ」

モノリスの向こう側に行ったメノウたちを見送ったアビィは小さく呟く。

「でもこれで条件は整った」

いまメノウたちが入っていった場所から、アビィたちがいる空間への干渉は不可能だと言っても過言ではない。時間が歪むほどに空間の深度が違う。それこそ、【器】の純粋概念その人でもなければ、自由に行動するのは不可能な場所にメノウたちは自ら入り込んだ。

それはマヤの――【魔】の純粋概念のアビィたちへの干渉が、不可能になったことを意味する。

屋上に、青い狼が顔を出す。

ギィノーム。アビィの愛しい弟だ。

「姉貴……本当にやるのか」

「やるよ。メノウちゃんには悪いけど、そろそろ——この世界を壊す時期なんだよね」

どうしたって、犠牲は必要なのだ。

『導力：素材併呑——アビリティ・コントロール——起動【擬・『絡繰り世』】』

アビィの端末が、指先から砕け始める。細かく砕けた体が三色の糸に変わって、しゅるしゅると音を立てて繭をつくる。

この魔導は、効果を発揮させるまで数日かかる。その間、アビィは完全に動けなくなる。なにより代償が大きい。それでもためらいはなかった。

「いまいる人間に、『絡繰り世』を忘れさせてあげなきゃね」

四章　胎動

ストレスが溜まっていた。

「……はあ」

中心部から離れ、テントを張って野宿をしていたサハラは一人、重い息を吐きだした。

モモと協定を結んで、三日ほど。今日もサハラは儀式場の構築の邪魔をしていた。

ミシェルたちが造っている儀式場は広大だ。北大陸につながる『絡繰り世』の入り口から、線路を導線にして導力の経路を蜘蛛の巣のように張り巡らせて、要所に駅をつくって魔導陣に必要な要素を組み立て、範囲を拡大していっている。

サハラは、そうして広がる巨大な魔導陣の阻害をモモと協調して行っている。攻める場所、タイミング、差し向ける魔導兵の種類と量。ほとんどはモモの言う通りだ。

別に、それは構わない。

物事にやりがいなんてものを求めることをやめたサハラにとってみれば、考える必要がないのはありがたいくらいだ。あれ以来、サハラがいる場所が襲撃されるようなこともなく順調である。

ストレスの要因は、別にあった。

「……ちっ」

教典が明滅した。

通信魔導の着信だ。モモから連絡用にと渡されたものである。しばらくしかめ面で眺めていたが、渋々、教典を開いて通信内容を確認する。

『攻撃が手ぬるいですよ、このクズが。怪しまれたら台無しになるでしょう。それにお前、私の言った半分も動けてないじゃないですか。敵だった時は弱くて助かりましたけど、一緒に仕事をすると無能さが際立ちますね。人の言う通りにすら動けないとか知能があるんですか？　あ、ごめんなさい。ない知能を振り絞って自分で考えて動いたら害悪なので、いまのままで許してあげますよ。とりあえず私の言う通り動いてください』

一言目から結びの一文まで、罵詈雑言しかなかった。

「死ね！」

渾身の感情をこめて呪詛を吐く。通信兵に指示を出して魔導兵をモモにけしかけるも、あっという間に倒される。

『いいですね。いま程度の攻撃をしてくれれば、共謀を疑われないでしょう。少しはマシな行動ができましたね』

一方的に通信が切られた。具体的な指示がなにもない、ただの煽りだった。

「……絶対、どっかで裏かいてやる」

モモへの敵愾心を露わにサハラはやる気を漲らせた。


モモはサハラとの教典通信を切った。

基本的にサハラの生き死に興味がないモモだが、それでも同情くらいはする。

「哀れですよね、あいつ」

導力義肢と化している、あの腕。

結局のところ、サハラは部品なのだ。

『遺跡街』でゲノム・クトゥルワと戦うことでようやく完成した、魔導兵たちの悲願。

アビィたちが切望する居場所のために必要な、大切な大切なパーツだ。

第三種永久機関。

それは、純粋概念【器】から生まれてしまった魔導兵たちが切望するものだ。

モモはいましがた破壊して散らばった魔導兵の中から、とある部品をひっぱりだす。襲撃に紛れ込ませた、アビィからのお届け物だ。主に原色の【赤】で作られた部品を掲げて、目をすがめる。

「……いい出来です」

アビィにアカリの体を預け続けた甲斐がある。これならば、問題なく適合するはずだ。

「こっちはちゃんと仕事をしないといけませんからね」

言われるままに適当にやっているサハラとは違うのだ。モモはアビィから届けられたものを、大切にキャリーケースの中にしまう。

これで、モモにとって必要なものは揃った。

半年前にメノウから離れ、アカリの体を隠す過程で出会った【星】の純粋概念の予言を聞き、人知れずアビィと協力しながら用意した舞台は整った。

あとは、タイミングを合わせて行動するだけだ。

「アビリティも、そろそろですかね……」

モモが聞いたのとは別の予言を聞き、アビィはモモと協力することを了承した。彼女は、彼女にとって必要な居場所を求めていたからだ。

アビィとモモは、両者ともに自分の大切な居場所を守るために行動していた。

モモにとって、この世界で自分の居場所とは、メノウだ。

彼女の傍にいなくても、その心は変わらない。

「モモ」

背後から、声がかけられた。

ミシェルだ。儀式場にいるはずの彼女が、儀式場の中心部から離れたここにいた。

なぜここにという疑念と焦り。胸に渦巻く緊張が顔に出ないように、慎重に、しかし自然な笑顔を浮かべる。

「ミシェルせんぱーい！　儀式場から出て、大丈夫ですかぁ？」

「私が抜けたところで組み立てている建築物が崩壊する訳でもあるまい。経路確認の作業は止まるがな」

「迷惑じゃないですかぁ。ダメですよー、ミシェル先輩」

モモはあえて甘ったるい間延びした声で批難をする。

フーズヤードの考案した儀式場は、一箇所に集中したものではない。資材を運ぶ線路すら魔導陣の要素として組み込み、複数の村規模の儀式場をつなげて展開する大規模儀式魔導だ。

要所が複数に分散して離れた分、導力の経路がつながっているかの確認は重要だ。もし導力がつながらない箇所があれば、その延長線上にある場所で築いた儀式場が無駄になる。

モモはサハラと組んで、その儀式場の構築を遅延させている。

だが、あくまで遅延だ。完成しないのは困る。

「お前の様子を見に来ただけだ。私が会った神官の中で一番見所があるのは、モモ。お前だからな」

「どうしてですかー？　モモより経験豊富な神官も、たっくさんいらっしゃいますよぉ」

「センスがない」

ミシェルはいままで彼女が出会った他の神官たちへの評価を、あっさりと切り捨てる。

彼女たちは優秀だ。与えられた任務をこなすことにかけて、若輩のモモよりもはるかに。

だが、結局はそこどまりなのだ。

自分の役割に、立場に、生き方に疑問を覚えない。彼女たちには、確固たる居場所を与えられているからだ。

第一身分（ファウスト）。

この世界において、その身分にいる人間は名誉も立場も十分に得られている。厳しい訓練を経て選抜され、自分たちが神官であるという強いプライドを持っている。

時として第一身分（ファウスト）であることに、汲々（きゅうきゅう）とするほど。

「お前は、目的のためならば神官であることを放り捨てられるだろう。逆も、しかりだ。目的と合致するならば、神官としてのぼり詰めることも厭（いと）わないはずだ」

「……そうですねー」

釘を刺されているのだろうか。表情をうかがうが、ミシェルの本心は見えない。

モモは、いまいちミシェルの心中を掴めずにいた。いまだけではない。この半年、ずっとだ。

モモはミシェルのことを騙している。

ミシェルたちを、ここ『絡繰り世』に連れて来る必要があった。それはモモがひそかに通じているアビィとの利害の一致で必要となった条件だ。

いままさにつくられている、この大規模な儀式場。

モモでもアビィでも用意できない、大人数での建築と数多の素材が必要な大規模な儀式場をつくるために、モモはメノウたちを追うミシェルに同行した。この世界で強権を振るい、多くの人間に号令をかけることができる立場が必須だった。ハクア直轄のミシェルには十分な権力があったし、もう一つの条件までも兼ね備えていた。

だからモモは、ミシェルに気に入られるために彼女の優秀な部下として振る舞った。フーズヤードに自分を紹介させて、メノウを追撃するという理由で大規模な儀式場を必要とする状況までたどり着いた。

だが、ミシェルはモモのことをどう思っているのだろうか。

この半年、隠すのと騙すのばかりで過ごしたモモの胸に、いまさらともいえる疑問が湧いた。

「神官としてのセンスってことならぁ。この儀式場の発案者は、どーですかぁ？」

「……論外だ」

ミシェルがしかめっ面になった。わざわざ理由を言葉にもしたくないという表情に、確かにと共感したモモも苦笑する。

フーズヤードは強い目的意識を持たない人間だ。儀式魔導という特殊な分野に恐るべき才能を持つが、神官という自分の立場にはもちろんのこと、実のところあれだけ目の色を変えている魔導研究にすら、決して固執しない。

やめろと言われればあっさり研究を中断するのがその証拠だ。倫理的なブレーキは弱いくせに、他人からダメだと言われると諦める。好奇心はあるのに執着がないため、特定の居場所に留まらない。場合によっては、第一身分（ファウスト）であることすら未練なく捨てるだろう。神官として大成するはずもないのがフーズヤードという人物だ。

「モモ。お前は導力に恵まれている。この半年、お前が部下になってから、私はお前の導力操作を磨いて鍛えた。人が人のままでいられる【力】の許容量を、突破できるほどに、だ」

「そーですねぇ。ありがとうございますぅ」

聖地にいた大司教エルカミにも似た事を言われたが、方向性は逆だ。八十に近い老婆だった彼女は、そんな力はないほうがいいと言った。導師（マスター）『陽炎（フレア）』と同じく、モモの才能をただの才能のままで放置するべきだと語った。

だが二十代のミシェルは、力を肯定している。

モモは、フーズヤードがだだ漏らしにした情報から、ミシェルとエルカミが同一人物であることを確信している。同時にミシェルのこれまでの態度から、彼女にエルカミとしての記憶がないこともだ。

同一人物のはずの二人のスタンスの違いは、どこから出ているのだろうか。

「私の部下になる前のことを詮索する気はない。必要だとも思えんからな」

モモにミシェルのことなど、わかるはずもない。いままで彼女のことを考えようともしなかったのだから、いまさら彼女の心が理解できるはずがない。

そしてミシェルがどうであれ、モモの決断は変わらないのだ。

「そうですねぇ。昔のことなんかより、いまここにいるのが重要ですもんねー」

「……そうか」

だから、この会話に深い意味はない。

「それじゃあ、ミシェル先輩――」

モモは、ミシェルに向けて微笑む。

半年、ミシェルを『先輩』と仰いだ。メノウを追いつつも、通りがかりに事件を解決したこともあった。フーズヤードのやらかした騒動の尻拭い(しりぬぐ)いに奔走もした。無為に半年、過ごしたわけではないのだ。

自分の感情に正直になってみれば、モモは、ミシェルのことが嫌いではなかった。

「――私は、任務に戻ります」

モモはあえて無防備な背中をさらした。

殺されるだろうか。

その覚悟はあった。明らかに疑われている気配がある。ミシェルが大剣を振るって首をはねようとすれば、モモには防ぐ手段はない。

一度きり、自分の生死をミシェルにすべてをゆだねる。

ここでモモが死ねば、なにもかもが台無しだ。

その無防備さは、もしかしたらモモにとっては初めての、自分よりミシェルを優先した判断だったのかもしれない。

ミシェルは手出ししなかった。情で見逃されたのか、計画的に泳がされたのか、あるいは、疑われているというのがモモの勘違いだったのか。

どちらにしても、この瞬間、モモは半年の関係性を投げ捨ててミシェルを裏切った。

モモに、悔いなどあるはずもなかった。


立ち去っていくモモの背中が消えても、ミシェルはしばらくそこにとどまった。

明らかな離反の意思を秘めているモモを見逃したのには、いくつか理由がある。

事実として、ミシェルはモモを高く評価していた。組織になじまないように思えるほど大胆ながらも、バランス感覚に優れた繊細な行動規範。ありあまる戦闘センスに、まだまだ伸びる余地のある才能に満ちている。

人材として、あれほど魅力的な人間も少ない。ここで処分するのは、いささか惜しい。

だが、いまのままでは使えない。モモが抱え、彼女の行動原理となっている「こだわり」が、神官としての生き方に決定的に合致しないからだ。

ならば泳がせて、事を起こさせればいい。それを丸ごと踏みつぶして挫折をすれば、モモは第一身分（ファウスト）としての人生に屈することになる。モモが知れば驚愕しただろうが、ミシェルはモモのことを、自分以上に第一身分にふさわしい人間だと考えていたのだ。

ミシェル自身、記憶にないことだが、『エルカミ』と名乗っていた彼女が、かつてオーウェルに対して、そう思っていたように。

ミシェルはそっと目を閉じる。

戦いこそ、彼女の人生だった。古代文明期は魔導技術の最盛期で、そして人類史上でももっとも人が人と争っていた時代でもあった。

グリザリカ財閥。

世界市場を牛耳った企業が、複数の国を相手どって戦争をしていた。多くの民衆がその争いに巻き込まれ、拡大しては過激化する戦乱に人倫は軽視されていった。

【龍】の模倣実験もその一つだ。

ミシェルがその実験対象となったのは、傭兵としての仕事だったからだということに尽きる。

幸運にもミシェルは実験に適合して、莫大な力を得た。

実験の成果として投入された戦場で得た仲間も、一人、また一人と散っていった。

ミシェルはただ一人、生き残り続けた。

――僕たちの居場所は、どこにあるんだろうね。

そう言ったのは、誰だっただろうか。少なくとも、いま生きていないことは確実だ。

多くの人が住む場所を追われた。自分たちが安堵できる居場所が欲しかった。

当たり前だが、ミシェルもそうだ。

居場所が欲しかった。

戦場を居場所としながら、いつしかそんな思いに囚われるようになった。

その時代に現れたのが、白上白亜(しらかみはくあ)だ。

最初は敵だった。数度戦って、味方になった。いま第一身分(ファウスト)と呼ばれているのは、当時の白上白亜に同調して縋(すが)りついた弱者の集団だった。

だが千年経ってみれば、どうだ。

いまのミシェルは、時代にすら取り残されている。唯一よすがあるハクアにしがみついている時代の遺物だ。

「これが、私の居場所か」

言葉に出してみたが、果たして本当にいまいる場所が、かつて自分が求めていた居場所なのか、確信は得られなかった。

自分の空間をつくれる、原色魔導。

魔導兵たちが持つその特性が、なぜかいまさらひどくうらやましく感じた。


入って、すぐにわかった。

メノウとマヤが踏み込んだモノリスの内部は、人間が生きていける空間ではなかった。

『絡繰り世』に入ったばかりのような、原色の輝石はひとかけらもない。空気に色が混じって渦まくということもない。まさしく普通の世界と変わらない草木が生えている。

広がる空間が、完全に固まっている。なんでもない風景のなにもない空間が固体であるかのような密度を持っている。空間の密度が高すぎて、時間の流れすら外部とは異なっていることを【時】の純粋概念を扱うメノウは敏感に察知した。

あまり長くいると、外では思わぬ日数が経過するかもしれない。メノウは試しに、目の前の光景に向かって手を伸ばす。

「わっ」

かつん、と響いた音にマヤが驚きの声をあげた。

メノウの手が、なにもない空間に阻まれたのだ。叩いた音が鈍くなるほど固く、重い感触だ。

「すごいわね、これは」

メノウの口から出たのは、まじりっけなしの感嘆だ。

すごいという言葉で表せるような空間ではない。目の前の景色を構成するのは、固体、液体、気体という分類がなくなってしまっている【力】の結晶だ。

すべて均一に、色で塗り固められている。

それが『絡繰り世』の中心部。

外縁部にあった不完全な世界とは違う。ここは原色概念によって完全に彩られた世界なのだ。

「ここじゃ、本当にマヤ頼みになるわね」

「ふふーん。ありがたく思ってね?」

自尊心を満たされたご様子のマヤが上機嫌に腕を伸ばす。だが粘土をかき分けるような感触に、眉根を寄せる。

「むぐ、すっごく重い」

『絡繰り世』に入ったばかりの時、マヤは原色の輝石に触れるだけで魔物に変えた。肉体に純粋概念が癒着している彼女は、魔導を振るうまでもなく世界を原罪概念で侵食できるのだ。いまやっているのも、それと同じことだ。

原色概念で固められた世界を、【魔】の純粋概念による侵食で崩している。

原色の素材は物質的に安定していない。だからこそ魔導行使者次第でいかようにでも変化する。新しく生まれた世界の素材ともいうべき原色は、原罪概念にとって格好の餌なのである。

とはいえ、「重い」という言葉通り、モノリスの内部にひろがる世界は密度が段違いだった。原罪概念の申し子である彼女でも、意識をしないと空間の侵食ができない。

それほどの密度と完成度で、原色の世界が広がっている。まさしく侵入不可能な空間だ。

「我堂のやつ……生きてるってなんなのよ。そりゃ、別にいいのよ? 死んでてほしかったわけじゃないし、生きてて嬉しくないっていったら嘘だし、助けてもらったこともあるわ」

ぶつぶつと呟くマヤの影から、魔物が数体、這い出してくる。

『導力：生贄供犠——混沌癒着・純粋概念【魔】——召喚【奇奇怪怪】』

原罪魔導の生贄にされ、どろりと溶けた魔物が寄り集まって巨大なアメーバが出来上がる。ドロドロとした流動体が周囲の空間に染み渡っていく。

空間が黒く染まり、景色がぼろぼろと崩れる。崩れた部分がマヤの影に収納されることでようやく、なにもない空間が生まれてメノウでも進めるスペースが出来上がる。

マヤが原罪概念で周囲の空間を崩していかないと、入ることもできない。魔導兵であるアビィが「自分たちでも入り込めない」と言ったのは、言葉のままだったのだ。

究極的なまでに偏執的に原色概念を圧縮して作った空間だ。他の概念が入り込む余地がない。そこを侵食できる唯一の能力を持つマヤが、メノウを先導する。

「でもなんの音沙汰もなしって！　それはないと思うの！」

余人には立ち入れないはずの空間を着実に進んでいるマヤが、怒りに頰(ほお)を膨らませて振り返る。

「ねえっ、メノウもそう思わない⁉」

「うんうん。わかるわ」

メノウはマヤの頭を撫でる。別に適当にあしらった訳ではないのだが、ぺしっと弾かれた。

「ハクアはずっと生きてるし、廼乃(のの)はなんか地下の街にいたし、我堂まで生きてるんなら、もう龍之介まで生きてるんじゃないかしらっ」

「それはないと思うわよ。廼乃だって、本人が生きてるわけじゃなかったし」

遺跡街にいたのは、あくまで過去の廼乃が未来に残した情報端末だ。それが【星読み】と呼ばれて活動していたにすぎない。

特に【龍】の純粋概念は『塩の剣』に切り裂かれて塩と変わった。彼が生きている可能性は絶無だ。

「……そっか」

マヤが肩を落とす。

文句に隠した本音では、生きていてほしかったのだろう。

だが、死すら超越する純粋概念でも、できないことはある。

ハクアと戦い、塩となった【龍】の純粋概念の持ち主は、確実に千年前に死んで蘇ることもないのだ。

「そうよね。それが、普通だもの」

自分に言い聞かせて、マヤはモノリス内部に広がる世界を壊す作業を再開させる。

マヤの動きに合わせて、周囲が波打ってたわんでいく。空間が崩れていっているのだ。物理的な質量のある魔導空間だからこそ、少しずつ崩して進んでいくしかない。

周囲の空間を変質させて、マヤの影にしまう。炭鉱夫が鉱山を掘削して進んでいる状態に近い。もしマヤがいなければ、メノウにはこの空間を崩す手段すらなかった。

一見では順調だが、いまマヤが行使しているのは純粋概念【魔】の魔導だ。

「聞いておきたいんだけど……マヤ。あなたの記憶は、どれくらい残ってるの？」

「……あたしは、まだ大丈夫よ」

感情を抑えた声で返答する。

「日本のことは忘れたけど、こっちに来てからのことは覚えてるわ。魔導としての原罪概念は、あんまり使ってないもの。あたしは『万魔殿（パンデモニウム）』には戻りたくないから」

不意に沈黙が流れる。

純粋概念の多用で記憶がなくなればマヤは万魔殿（パンデモニウム）の一部に逆戻りしてしまうように、メノウも記憶を使い果たせば人災（ヒューマン・エラー）となるのだ。いや、と心の中で小さく呟く。

召喚された異世界人ではなく、この世界の人間が純粋概念を宿したことはない。【時】の純粋概念に飲み込まれたメノウは、人災（ヒューマン・エラー）になるという結果すら保証されていない。もっと、なにか別の、さらに醜悪な末路に陥る可能性すらある。

「マヤは、元の世界に帰りたい？」

「……」

しばらくの沈黙の後に、マヤは首を横に振った。

「いいの？」

「うん」

言葉短いメノウの問いに、こっくりと頷く。

「もう、待っている人は、いないもん」

お母さんのいる世界に帰りたい。

それが、マヤの望みだった。

だがその希望は、元の世界に戻っても、もはや叶わない。

「だから異世界送還陣もメノウが好きに使っていいわ。あたしが許してあげる」

「……ありがとう」

優しいマヤの言葉に微笑んで、再び彼女の黒髪を撫でる。少しくすぐったそうにしたものの、邪険に振り払われることはなかった。

「メノウの記憶は、危ないの？」

「そうね……」

お互い記憶を消費している者同士、遠慮なく問い返されて、ふっと遠い目になる。

そっと懐に手を伸ばして触れたのは、自分の人生を記した手帳だ。

この内容が半分以上他人事にしか感じられなくなっても、メノウは純粋概念の魔導を使った。

「まだもう少しは、人間でいられそうよ」

マヤは押し黙る。

彼女が思っていた以上に、危うい返答だったからだ。

「我堂蘭には、どんな目的があると思う?」

「なんであたしに聞くの?　そういうの、メノウのほうがわかるでしょ」

「マヤのほうが、私たちよりずっと人間としての我堂のことを知っているでしょう?」

「知ってるかなぁ。我堂って、なんていうか……ものすごく独特な性格してたから」

「……廼乃よりも?」

「廼乃が通訳してたレベル」

「それは……」

思わず天を仰いでしまった。

北大陸の地下にある遺跡街で会った星崎廼乃は、一見とっつきやすそうに見えながらもどこまでも自分本位な手に負えない性格をしていた。それ以上となると難儀な対話となりそうだ。

「交渉は大変そうね」

「そうでもないと思うわ。我堂は、廼乃と違って嘘はつかない。だから異世界送還陣の起動キーなんて、あっさり教えてくれるわよ。だから逆に聞きたいんだけどね」

振り返ったマヤが、真っ直ぐメノウの目を見据える。

「異世界送還陣を手に入れて、メノウはどうするの?」

即答が、できなかった。

「……世界平和？」

「ねえ。つまんないボケを期待してたわけじゃないんだけど」

ジト目になったマヤに肩をすくめる。

メノウが異世界送還陣に固執している理由の一つは、この世界から召喚魔導を失くすためだ。異世界につながる経路さえ潰してしまえば、自然にだろうと人為的にだろうと二度と日本から人間が呼び出されることはなくなる。

その狙いが成功すれば、多くの悲劇を生んだ純粋概念も人災（ヒューマン・エラー）も新たに産まれることはなくなる。だから世界平和というのもあながち嘘ではない。

「そっか。うん。そうよね。……どうしましょうね」

純粋概念の多用によって、メノウの記憶は消費されている。

ハクアを元の世界に返したところで、問題は解決しない。

つまるところ、メノウは自分が助かることをすでに諦めているのだ。マヤは敏感にそれを察知しているのかもしれない。わざとらしいくらい明るい声をあげる。

「我堂に、記憶の保ち方を聞くのはどうかしら？　ね？　メノウも助かる。メノウの友達も助かる。もちろん、あたしも助かる。ほら、ハッピーエンドじゃない！」

「それも、どうかしらね」

名案に聞こえるが、我堂蘭が記憶をつないでいるのはまともな方法ではない。精神の分裂と増殖。記憶を分けて小さな人災（ヒューマン・エラー）を発生させ続けることで、本来の人格を守っているのだという。

果たして、精神の分裂を千年繰り返した人物が、正気でいられるだろうか。

「記憶が減るのはもちろん問題だけど、増えすぎるのも、同じくらい悪影響があると思うわ」

「そっか……」

メノウの返答に、マヤがしょぼくれる。意気消沈させたかったわけではない。メノウは彼女の黒髪を撫でた。

「それにしても、ここはどういう空間なの？」

日本の風景とは思えないが、メノウたちの世界の景色を模したものでもない。もちろん、千年前の古代文明期の風景でもないだろう。

「確か……ファンタジーＲＰＧの再現、って言ってたわ」

「あーるぴーじー？」

「うん」

聞き慣れない単語に眉（まゆ）をひそめるメノウに、マヤが周囲の光景を指で示す。

「夢だったんだって。自分の頭で思い描く世界を作ることが」

我堂蘭という人物には、頼みもせずに異世界に召喚され、望まない能力を得てしまった千年前の五人の中で、他の四人と決定的に違う点がある。

「我堂はさ、自分の能力が好きだったの」

いまメノウたちがいる空間は、実在するゲームの世界の構築。現実世界とは違うルールで構成されている。

「レベル制もそうなの？」

「うん」

レベル制。

内部に入った者に対して、なにかを倒せば倒すほどに、他の存在を倒しやすくする法則だ。

『絡繰り世』独特のその制限も、我堂が掲げた夢の一部だ。

本来ここに入るには、自分の肉体を原色概念製にしなければならない。レベルをカンストさせることで生身の肉体を導力義肢などの原色概念に置き換え、このゲーム世界の一員になって初めて、中に入ることができるのだ。

アビィたち魔導兵がたむろする『絡繰り世』の外縁部は、強固に固めたモノリスの内部への橋頭堡（きょうとうほ）だ。

人間をキャラクターの一員として、この中心部の世界をプレイできるように作り変えるための、無料体験場所。ゲノム・クトゥルワなどは、その方法でこの世界に入ることができた人間だ。

「まあでも、付き合う義理はないのよね。あたしがいるもの！」

世界を一方的に侵食できる特権でもって、マヤは進んでいく。

本来ならば厳格なルールに沿った手順があるのだろう。建物やモンスター、話しかけようと近づく人々を無視して進んでいく。

「ふっふっふ。あたしのことを置き去りにした我堂なんかに絶対に負けないから——ひぇっ」

意気揚々としていたマヤが悲鳴を上げる。

順調に進んでいたマヤの前で、突如として景色が崩れたのだ。

風景として塗り固められていた色が崩れ、光の粒子となった三原色が渦を巻いた。

微細導器群体(マイクロマシン)。原色概念の最小単位が統率されてメノウたちの前に集合する。

『バグめ』

かつてサハラと戦った時に見た導力光の渦と似ている。あの時、サハラを飲み込んだのはいまメノウたちがいる場所と同じなのだろう。あの時はサハラのみを分解して再構築した機能が、いまは周囲の風景も分解し、さらに大規模になってメノウたちに立ち塞がる。

『我が世のバグめ』『潰しても潰しても湧き出るウジ虫が』『このようなところにまで入りこむか』『この世界にまで感情を持ち込むか』

「な、なにこれ⁉」

どうやらマヤも知らないものらしい。慌てふためくマヤに、メノウは短剣を抜いて構える。

「前に同じようなものを見たことあるけど……これが我堂蘭、っていうわけじゃないのよね」

「こんなよくわかんない光の塊なわけないじゃない！」

マヤが悲鳴のような叫びで返答する。

純粋概念の保有者は記憶を食い尽くされて人災になっていても、人の形を保っていることがほとんどだ。そもそも【器】の純粋概念は記憶を持っているはずなのだから、なおさら見た目が人間離れするはずがない。

「じゃ、ズル防止のシステムかなにかっていうのが妥当なところね」

『バグめ』

【器】の世界に直接入り込んで、なんの障害も用意されていないはずがなかった。

『バグは潰す』『我が世の平穏にために』『忌々しいバグは全て調整されろ』

渦巻く光が、メノウたちに襲いかかってきた。


あともう少しだ。

建築されていく儀式場を見て、フーズヤードはニコニコしていた。

普通の神官ならば、大規模の儀式魔導場の構築に立ち会える機会など、一生に一度あるかないかだ。

自分の理想の儀式場が作られていく。魔導師として最高に楽しくて幸せだ。

「順調か？」

「ばっちりだよ！」

ミシェルの確認に、彼女は満面の笑みを返す。

フーズヤードの理論は『絡繰り世』の導力を分解し、循環させるためのものだ。

理論上は可能だと儀式場を組み上げ、小規模の実験も成功した。一部であれど『絡繰り世』を消失できたという効力が示されたことで、現場の人間たちの気合いも増している。

ただ、もちろん大規模になったらなにが起こるかはわからない。なにごとも、初めてというのは危険が伴うものだ。フーズヤードにとっても予想外の結果が生まれる可能性はある。

それはそれで楽しみだと目をキラキラさせている。

戦いで命のやり取りをする心理はさっぱり理解できないフーズヤードだが、魔導実験での危険に忌避感はない。

「そうか。おそらくお前はこの儀式場を作るためだけに生まれたんだ。うまくいけば死んでも構わん。命を振り絞って使命をこなせ」

「構うよ？　振り絞らないよ、命は。この他にもまだまだ試したい理論はいっぱいあるんだから、その本気の目をやめ……なんで舌打ちしたの⁉」

心外な対応にフーズヤードが食ってかかるも、ミシェルは毛ほども気にした様子はない。

「『絡繰り世』ってことで、色々と心配だったけど、モモちゃんさんがうまいこと防衛してくれてるからすっごく助かってるよ」

「……ふん。それはそうだろう」

「だよねー。あーんな若いのに、本当に優秀だもんね、モモちゃんさんは！」

「バカか貴様は」

「え、急にディスられた……」

後輩を褒めたら罵声である。なんたる理不尽と、しょんぼり肩を落とす。

そんなフーズヤードに、ミシェルは鼻を鳴らす。

「敵と共謀すれば、戦場のコントロールなど容易いだろうよ」

「はい？」

ミシェルの言葉の意味がさっぱりわからず、フーズヤードはきょとんと首を傾げた。

「それってどういう――」

「おい」

ミシェルがフーズヤードの言葉を強引に遮る。その表情は厳しい。

「なんだ、あれは？」

ミシェルの視線を追う。それを目撃したフーズヤードもあっけにとられる。

それは青い蛹だった。

とんでもなく、大きい。あまりにも大きすぎて、遠近感がつかめない。

その蛹が割れて、羽化を始めていた。

ゆっくりと出てきたのは、青い蝶だった。生まれたての青い蝶もまた、巨大だ。羽を広げれば、その蝶々の羽がそのまま青空になるのではないだろうか。そんな想像をしてしまうほどの大きさの蝶が、己を見物する者たちの発想に応えるかのように、ゆっくりと羽を広げる。

青い鱗粉が、『絡繰り世』のすべてに降り注いだ。

そして、次の瞬間――


――空からの爆撃によって、ミシェルの周囲が炎に包まれた。

爆炎が広がり、火の手が上がる。はるか上空から投下された爆撃に叩かれ続ける大地が革の太鼓のように鳴動して爆発音を響かせる。

「――バカな」

突如として移り変わった光景に、ミシェルをして戦慄を隠せない。棒立ちになって天を仰ぐことしかできなかった。

始まりは、上空に現れた巨大な青い蝶だ。モモが立ち去ってから儀式場に戻ったミシェルがフーズヤードと会話をしている時、羽化した巨大な蝶々が、羽ばたきとともに鱗粉を散布した。それと同時に『戦場』が現れたのだ。

なにかしらの空間魔導なのは間違いない。散布された大量の鱗粉が『絡繰り世』を上書きして干渉し、空間のルールを変化させた。

問題は、どのような法則で成り立っている空間に連れ込まれたのか、だ。

ミシェルは厳しい面持ちで周囲を見渡す。

そこかしこで火の手が上がり、神官たちが逃げ惑っている。ミシェルは顔を上げて、上空を睨みつける。

青い蝶々の姿はない。まったく別種の敵が空にいた。

航空機による大規模な飽和的爆撃。

古代文明期に傭兵をしていたミシェルにとっては、懐かしさすら感じる戦場の景色だ。一機が超低空をかすめて、衝撃波をまき散らす。ひときわ大きな爆発音が響き、大地が波打った。

第一身分が定める禁忌によって、通常兵器が導力銃程度に抑えられているこの時代ではありえない規模の破壊活動だ。

「魔導兵どもが、兵器の量産を……？」

だとしたら、馬鹿げた戦力差が生まれることになる。

炎が渦巻いている。それでも爆撃がやまない。地上を更地にしても足りないと言わんばかりの空爆の最中、ミシェルはフーズヤードの姿を見つける。

立ち尽くしている。これだけの出来事があっては仕方ないだろう。肩を摑んで揺さぶる。

「おい！」

「……ミシェルちゃん？」

フーズヤードの瞳(ひとみ)に、ぎくりと身をすくめる。

焦点が合っていない。目がぼんやりとして、ひどく力がない。まるで目の前の現実を受け入れるのをやめた人間の目だ。

だが、違う。

彼女だけが、現実を見つめているのだ。

「なにしてるの？　これ、精神攻撃だよ」

フーズヤードの言葉に、ミシェルはとっさに目を凝らす。

だがミシェルには、現実が目に映らない。その様子に、フーズヤードの顔に落胆が浮かぶ。

「ああ……ダメかぁ。ミシェルちゃんの記憶の展開？　いやでも、ミシェルちゃんの精神に絡(から)まった形跡はない……じゃあ、別の場所に発動源が……たぶん、あの鱗粉が魔導陣を構築したはず……」

ぶつぶつと考察を始める。

自分の世界に没頭しそうになったフーズヤードの肩を、ミシェルは再び揺さぶる。

「おいっ、おい！」

「――えっ？　なに⁉　わっ、ミシェルちゃんだ。いつの間に⁉」

さっきの会話すら、無意識の応答だったらしい。こいつはつくづく異世界人とは別の意味で違う世界にいると思いつつ、念入りに確認する。

「これは、精神汚染なんだな」

「う、うん」

ようやくフーズヤードの意識がミシェルに合わさる。

「これは……擬似的な世界の再現だね。『絡繰り世』を分解して、精神世界として展開し直してる。空間魔導と精神支配の合わせ技かな」

「この魔導の影響を受けている人間の命に別状はないのか？」

「どうだろう……気絶で済むけど、長時間いたらちょっと……精神が死んでも無事って言っていいのかな？」

いいわけがない。

人の人格をなんだと思っていると怒鳴りつけたくなったのをぐっと堪えて、重要な質問をする。

「この魔導を、どうすれば解除できるのか分析できるか」

「この魔導は……ミシェルちゃんが、意識してない記憶を使われてるんだと思う」

「なに？」

「だってミシェルちゃん、自分が精神干渉されている自覚がないでしょ？」

問われて、押し黙る。

フーズヤードの言う通りだ。ミシェルには、自分が原因となっている自覚がない。

「つまり、いまのミシェルちゃんじゃないミシェルちゃんの精神を狙った攻撃なんだよ、これ。精神は記憶で構築されてるから……ああ、やっぱり精神に欠けがあるのは、とんでもない脆弱性を抱えてることになるんだね。まあ、精神汚染なんて普通に生きてると直面しないからなぁ」

非常にわかりにくいが、フーズヤードが言わんとすることは理解した。ミシェル自身、自分の精神が抱える魔導的な脆弱性に心当たりがあったのだ。

自分の記憶は定期的なリセットを受けている。

実際としてミシェルには、千年の記憶がない。千年前に過ごした二十余年と、半年前から聖地で始まった『ミシェル』としての人格しかないのだ。

ミシェルの精神が抱える巨大な千年の空白を、精神防御の脆弱性として狙った魔導なのだ。

「くそがっ」

苛立ちを吐き捨てる。

「これが精神干渉の一種でもあるなら、発動源を潰せばいいんだな」

「うん……あっち。さっきの青い蝶々がいた場所が、発動源だよ。そこにいる魔導兵の端末を潰せば、この魔導は消えると思う」

自分が蒔いた不始末は自分で刈り取るとミシェルが駆け出す。戦場が現れる前に見えた蝶々までは相当な距離があったが、導力強化をしたミシェルならば、さほど時間もかけずに踏破できる。

だが街を出た辺りでミシェルの頭上で猛然と回転するローター音が響いた。どこからともなく現れた飛行体を見て、顔を歪める。

「――攻撃ヘリ？」

飛行兵器としては地表すれすれともいえる超低空飛行でミシェルの上空に陣取ったのは、暗色の機体に空気抵抗を削ぎ落すスマートなフォルムをした攻撃ヘリコプターだった。人間を血煙に変える二門の魔導ガトリング砲と、並の障壁を吹き飛ばす対戦車ロケット弾を積んでいる。

無差別の爆撃を繰り返す航空機とは違う。古代文明期に地上兵器を駆逐(くちく)するために生まれた対地戦車兵器だ。

搭乗者なしの完全自律型兵器であり、いまの魔導兵の前身とも呼べる軍事兵器であり、当たり前だが生身で相手にするものではない。

「懐かしい相手だな」

ちっとミシェルが舌打ちすると同時に、機関砲弾が火を吹いた。三連の結束銃身。ミシェルは導力強化をした肉体の高速機動で射線から逃れる。現代の導力銃の火力が玩具(おもちゃ)だとしか思えない威力だ。着弾地点でぼぼぼぼっと音を立てて地面を掘り返す。

戦車の装甲を削る大口径の導力弾の猛射を受ければ、ミシェルの肉体とて吹き飛ぶ。

大剣を握るミシェルの右腕が奔(はし)った。

『導力：接続――断罪剣・紋章――二重発動【圧縮・水流】』

稲妻のような一閃と同時に、圧縮した水が刃となって攻撃ヘリに直撃する。

千年前の魔導兵器は、ミシェルの紋章魔導を受けて無傷だった。わずかによろめいただけで、ミシェルを追尾する。

魔導文明の最盛期に開発された魔導装甲に、現代の紋章魔導では歯が立たないのだ。

ヘリの翼下の発射装置から、数発の高速弾が発射された。対戦車ロケット。直撃を避けたミシェルの後方で、合金の装甲を破砕する威力の兵器が着弾して地を揺らす。爆音とともに盛大な砂柱が上がった。

ちっぽけな人間では対抗できないと思わせる破壊攻撃だ。それを見てミシェルの胸に湧いたのは、煩わしさだった。

「……面倒だな」

避けるのを、やめた。ミシェルが諦めたとでも思ったのか、攻撃ヘリも滞空してぴたりとミシェルにガトリング砲の狙いをつける。

ガトリング銃身が猛回転した。

雨のように降り注ぐ大口径の導力弾頭が、ミシェルの導力強化した肉体を削っていく。皮膚を貫き肉を吹き飛ばし血しぶきが上がるが、ミシェルという人間の形は崩れない。

人体ではあり得ない硬さに、戦場に適した自律思考をする攻撃ヘリにノイズが走った。いくら導力強化が人体の性能を上げられるとはいえ、鉄板を撃ち抜き粉々にできる機関砲を耐えるなどというスペックは想定していない。

攻撃ヘリが急いたように対戦車ロケット弾を発射しようとする。

発射できようができまいが、結果は変わらなかっただろう。

ミシェルの右腕が跳ねる。機関砲台の嵐のもと、手に持つ大剣を投げた。

導力強化の頂点にいる人物から放たれた投擲物は、あっさりと音速を超え大気の壁を貫き、真正面から攻撃ヘリの装甲を破壊した。

『導力：接続（条件・了）――断罪剣・紋章――発動【圧縮】』

大剣に貫かれた攻撃ヘリが、グシャリとひしゃげて潰れる。残っていた対戦車ロケット弾が引火でもしたのか、空中で爆発が起きた。

「……派手だな」

攻撃ヘリを撃墜したミシェルは感慨もなく目を細める。攻撃ヘリの墜落した現場から、断罪剣を拾い上げる。自分の力に耐えうることを最優先した剣だけあって、あの程度の扱いでは傷一つない。

自分の記憶から再現された古代文明の傑作機を一蹴したミシェルは先に進む。

彼女には、どんな相手であろうと勝てる自信がある。三原色の魔導兵だろうと、純粋概念の持ち主であろうと、千年前の古代文明期の兵器だろうと、ミシェルには勝利を摑める確信があった。

だが、思わぬ人物に直面して立ちすくむ。

「……ずいぶんと、幸せそうな面をしているな。なにかいいことでもあったのか」

迷彩柄のパンツスタイルに、足を保護するコンバットブーツ。泥に塗れたその女性を、ミシェルは他の誰よりも知っていた。

「お前、は……」

「教えてくれよ。どうしたら私がそうなる？」

ミシェルの記憶から形成される過去の戦場。

そこには過去の自分——古代文明期の傭兵だったミシェルがいた。


遠くに見える光景に、サハラは声を失っていた。

空からの攻撃。

この世界の戦術から外れた所業だ。第一身分は、長らく航空機の開発を禁忌としていた。

その理由を、サハラは遠くで起こっている景色で理解する。

あれは、サハラが知っている戦いとは、あまりにも違う。

「あれは、精神汚染の一種だな」

いつの間にか、ギィノームが近くにいた。

「あれが？」

サハラは思わず問い返していた。

人の心に働きかける魔導とは思えない。あの戦場は、実際に起こっているようにしか見えないのだ。

「ああ。ありゃ、誰かの記憶の世界再現だよ。そいつが忘れたがっている記憶、トラウマ、出来事。それをぶつける精神攻撃なんだが、よっぽど強烈なのがいるみたいだな」

もう一度、爆音が轟く。

十分な距離があるはずなのに、地面が鳴動して衝撃波が吹きつける。

「こんな強力な攻撃手段があるなら、最初から使えばよかったのに」

「そう簡単じゃないんだよ。この魔導に姉貴は自分のほとんどを素材にして注ぎ込んだはずだ。あの戦場を再現するためにはな」

原色魔導は、素材を消費して発動する必要がある。単色の魔導兵を一体作るのにも、原色の輝石が多く必要となる。あれだけの規模のものとなると、どれだけの素材が必要になるのか、サハラでは推し量ることも難しい。

アビィはミシェルを仕留めるために、大きな犠牲を払ったのだ。

「そっか……」

「そんでもって、姉貴がこの魔導の効果を発動させたってことは、合図なんだ」

「合図？」

ギィノームの尻尾が膨れ上がる。しかも尻尾の先が横に裂け、大きく口を開いた。

口の開いた尻尾の捕食対象は、サハラだ。

「んな⁉」

「悪く思うなよ」

全身がギィノームの尻尾に飲み込まれ、押しつぶされたサハラの意識が遠のく。

「この腕さえあれば、あと少しなんだ」

第三種永久導力機関。この特殊極まる導器には大きな意味がある。

自分たち魔導兵の未来のため、サハラを捕らえたギィノームは、真っ直ぐ儀式場へと疾走した。


濃密だった原色概念の渦が、消え去った。

「バグだバグだうるさかった……！」

「実際、私たちはこの世界にとってみれば招かれざるバグだったんでしょうね」

腹立たしく苛立ちを吐き捨てるマヤに対して、こちらも疲れた口調で返答する。

メノウもマヤも純粋概念を使う羽目にまでなった。周囲の風景を微細導器群体(マイクロマシン)にして操る相手に、マヤが原罪概念で全方位を取り囲んで周囲の光景から切り離し、メノウが【風化】でトドメを刺した。

「無駄な戦いよね」

「無駄じゃないわ」

いまの戦いを徒労にしないため、メノウがきっぱりと言う。

「さっきの奴の導力の経路をたどれば、大元がわかるもの。この世界のバグの対応する機能の元、興味ない？」

「やるわね、メノウ！」

マヤの顔が輝く。いまのメノウの台詞に当てはまるのは、この世界の創世者、【器】の純粋概念の行使者以外いない。

「それで、どっちに行けばいいのかわかった？」

「もちろん」

大きく頷いたメノウが示したのは、地面だ。

マヤの召喚した魔物が掘り進める。途中であっさり底が抜けた。どうやらある程度以下には、伽藍堂の空間が広がっているようだ。

「……作り込みが甘いわ。これじゃ張りぼてじゃない」

「普通は地面に潜れる設定になっていないんでしょうね。作る意味がない場所なのよ、きっと」

どことなく不満そうなマヤの言葉にメノウが答える。モノリス内部の世界には干渉できる部分とできない部分で明確な区別があった。マヤがいなければ、地面を壊すという法則は適用されていなかったはずだ。

だだっぴろい空間には、一つだけ扉があった。

壁に取りつけてあるわけではなく、ただ扉だけがぽつんと置かれているのだ。罠の可能性もあったが、他に目ぼしいものはない。

メノウは慎重に扉に触れる。魔導的な罠の気配はない。これで罠だったなら自分の技量の問題だと、メノウはドアノブをひねる。

開いてみると、中にあったのは狭い部屋だ。一人の女性が液晶画面に向かい、一心不乱にキーボードを叩き続けている。扉が開いたことに気がついた様子もない。メノウの後ろから中を覗き込んで「あっ」と顔を輝かせたマヤの反応を見て、メノウも彼女の正体を確信する。

「あの……あなたが我堂蘭、ですか？」

メノウが声をかけると、ジャージ姿の女性がゆっくりと振り向いた。

「……うぇ」

メノウを見て、彼女は明確な怯えを見せた。感情に反応して彼女の体から原色の欠片がポロポロとこぼれ落ちる。

「ぁ、う、ま、マヤ。マヤ……！」

メノウの視線から逃れるようにして両腕を上げていた彼女は、それのみならず、マヤを引き寄せて盾にする。

「あ、もしかしてハクアに似ているから？　大丈夫ですよ。私は、彼女とは別人です」

「……あっ。う」

落ち着かせるために穏やかな口調で語りかけたが、まったく警戒が解けた様子はない。

代わりに口を開いたのはマヤだ。

「メノウ……。我堂は純粋に対人恐怖症なだけなの」

マヤが振り返って、我堂と顔を合わせる。

「久しぶりよね、我堂。あたしのこと、ちゃんと覚えていてくれたのね」

「……ごめんなさい」

マヤに声をかけられて、我堂が頭を抱えてうずくまる。

「ごめんなさいごめんなさいごめんなさいごめんなさいごめんなさい」

ひたすら謝罪を連呼する。マヤは嘆息した。

「別にもうそんなに怒ってないわよ。南方諸島に置き去りにされたこと」

「ごめんなさい……」

マヤの言葉に、謝罪のトーンが変わった。

少しは落ち着いたと見えて、メノウが改めて声をかける。

「あなたが、我堂蘭、ですよね。【器】の純粋概念の持ち主の日本人」

「……私、が」

おずおずとマヤの背中から半分だけ顔を出す。

対話の意思はありそうだ。ほっとして、ここまで来た目的を告げる。

「よかったら、異世界送還陣の起動キーを教えてもらえませんか」

「……あなた、もしかして、【器】の純粋概念を持つ我堂蘭に会いに来たの？」

ワンテンポ遅れた不可解な返答に、メノウはとっさにマヤを見る。彼女も眉をひそめていた。

「どういうこと？　我堂は我堂でしょ？」

「……マヤ、そんな勘違い、してたの？」

ぼさぼさ髪の女性が、ひそひそと小さな声で誰とも目を合わせずに呟く。

「勘違い？　え？　だってあなた、我堂でしょ？　千年前、『星骸』が起動した時も、あなたが助けてくれたじゃない」

「……私が我堂であることは認めるけど、私は【器】の純粋概念は使えない」

メノウが目を見張る。マヤは困惑を超えて混乱に陥った。

「ど、どういうこと？　このモノリスを作ったのも、我堂なんでしょう？　それが【器】の純粋概念じゃないって、わけがわかんないわ!?」

「……我堂蘭は解離性同一性障害――三つの人格を持つ多重人格者だった」

　マヤの疑問に、ぽつりと衝撃的な情報を告げる。

　メノウにとっても驚きの情報だ。召喚時、魂に純粋概念を定着させる異世界人の精神が、多重人格だったら、どうなるか。考えたことすらない事例だった。

「多重人格だった上で、あなたが【器】の純粋概念を使えないということは……つまり、あなたは我堂の副人格の一つなの？」

「……そう。この世界に召喚された我堂蘭の本人格は、自分の純粋概念を知ったら真っ先に、際限なく自分の能力が振るえる方法を望んだ。彼女は、自分の能力が好きだったから」

　マヤから聞いたことと、同じ台詞を吐き出す。

　人格の増殖と分裂。

　強力な能力の代償に記憶を消費し、精神が磨耗した果てに人災（ヒューマン・エラー）という怪物になってしまうのならば、消耗するよりも早いペースで自分を増やせばいいという逆転の発想による実験だ。

「……その中で、真っ先に切り捨てられたが、私。我堂蘭の、肉体そのもの」

「肉体？」

「……そう。我堂は、人格の分裂実験を受ける際に、私という副人格を残して自分の肉体を最初に捨てた」

　肉体、精神、魂が生命の三要素だ。

その三つの中でも、肉体は乗り換えることができる。魂を収納して精神を作る容器でしかないのだ。

「……増殖する人格に精神も魂も耐えきれなくなるのを、予想していたから。本人格である自分の精神と魂以外のすべてを、純粋概念を使う時に消費する記憶の貯蔵庫として、切り離した」

我堂の肉体が、卑屈な笑みを浮かべる。

「……そんな我堂蘭の肉体に残った人格が私。その私に、精神の増殖実験が施された。我堂が純粋概念を使う時、私の中で分裂する記憶だけが消費される。我堂蘭は、私の人格と肉体を経由して、外部に魔導干渉する。純粋概念を宿す魂である本人は、無傷のままだ。私は肉体という名の中継器でしかない。私にほどこされた精神の増殖で記憶は増えて、分裂して、尽きることはない、へへ、えへへ……これが、完璧(かんぺき)な純粋概念の、使用方法……へへへへ」

「ちょ、ちょょっと待って」

愕然(がくぜん)と固まっていたマヤが声を上げる。

彼女が知っている我堂蘭とは、目の前の彼女だからだ。

「それって、いつから⁉」

「……いつからって？」

「あたしが我堂に会った時は？　あたしを助けてくれたのは⁉」

「……マヤは、本物の我堂蘭に会ったことは、ない」

　ショックにマヤが固まる。

「うそ……」

「……というか、廼乃以外に我堂蘭に会った人間なんて、この世界にはいない。我堂はもともと多重人格者だから。日本にいた時から、私を含めて三つの人格があった。本人格と、私と、もう一人。肉体に残ったのが、私」

「予想以上の引きこもりね。逆に、どうして廼乃は本人に会えたのよ……」

「……我堂の望みに、【星】の純粋概念は、どうしても必要だったから」

　メノウとマヤが視線を合わせる。『星骸』の起動キーの情報を握っているのが、目の前の『我堂』でないことは理解した。

「我堂の本人……本人格は、どこにいるの？」

「……ここより、さらに奥」

　我堂の指が、床を指差す。

「……原色で構築したこの異空間より先にある世界。通常の場所から亜空間を経由しないとたどり着けない、導力の根源のある空間に、いる」

　通常の空間から二つの段階を経て、さらに奥に我堂蘭はいるのだという。

　つまりメノウたちは、『星骸』の起動キーを得るためには、我堂の魂のいる場所まで行かなければならない。

「そこへ行くには、どうすればいいの？」

「……行きたいの？」

我堂の肉体を名乗った女性の問いに、メノウは首を横に振る。

「行かなきゃいけないの」

「……かわいそうに」

メノウに同情の瞳を向ける。真っ直ぐに見つめ返すと、びくっと震えてマヤの背中に隠れた。

「……い、行かないのをおすすめする。あそこは、物質を拒絶する魂の世界。我堂蘭は、自分の世界に他人を望んでいない」

「無理やりでも入り込んでいくわ。それに、あなたが我堂の肉体なら、魂と導力的な経路はあるでしょう？　魔導での意思疎通はできないの？」

「……で、できたら、とっくにしている」

メノウの言葉に、我堂が怒った表情を浮かべる。

「……あそこは、まだ定義のない、世界の雛型。物質世界の住人は、概念の壁に阻まれて、通過することができない。莫大な――それこそ【龍】だった龍之介に比肩するくらいの導力があれば、あっちの我堂に無理やりつなげるけど、肉体だけの私には【器】の純粋概念すら、ない」

「つまり肉体を置けば、行けるのね」

遠回りの制止を乗り越えるメノウの言葉に、残された我堂が自嘲した。

「……その覚悟があるなら、必要以上に止めはしない。そこに、座って」

我堂を中心として、魔導構成が展開される。マヤは心配そうにその様子を眺めていたが、口を挟むことはしなかった。

「協力してくれるのね。あなたが言っていたように、本人格の意に沿わないことじゃないの？」

「……どうせ私は、行動ができない。とっくの昔にここから逃げた、もう一つの人格とも違う。我堂蘭の代わりに彼女の艱難辛苦を受け止めるのが、代用人格の私の役目」

部屋が崩れて、メノウの周囲を取り巻く。どうやらこの狭い部屋を構成する一部を素材に、原色魔導を起動させようとしているらしい。

「……それでも、私は――本人格の我堂蘭が、嫌いだから。あなたが了承するなら、我堂蘭の意思に反しようが、止めはしない」

この千年、本人格の代用として精神分裂にさらされ続けた彼女の本心だった。

『導力：素材併呑――三原色ノ理・原色擬似概念――起動【幽体離脱】』

メノウがその場に崩れ落ちる。マヤが慌てて駆け寄るが、意識がない。

「メノウになにをしたの⁉」

「……彼女が望んだようにした」

我堂は静かに返答する。

「……肉体を残して、彼女の精神と魂をこの星の根源——導力の始まりに、叩き込んだ。我堂蘭は、そこにいるから」

その説明に、マヤはほっと息を吐く。

「な、なんだ……じゃあ、メノウは無事なのね」

「……そんなわけ、ない」

返ってきた否定に、マヤは体をこわばらせる。

「どういうこと？」

「……あそこは、定義がない世界。一人の人間が入っても、あっという間に無限に広がる導力と同化して、世界に溶かされる。それに、残された肉体は空っぽ。分裂する私の記憶が入りこんで定着するかもしれない」

我堂が語る内容に、マヤは息を呑む。

「そんなこと……メノウが行く前に、言ってくれればいいじゃないっ」

「……マヤが、助けるといい」

「あたしが？」

「……導力を根源とするこの世界の魔導で、原色魔導と原罪魔導だけが、自分の世界を作ることができる」

世界にすでにあるものとして、現象を起こす他の魔導とは違う。

その二つの魔導だけが、いま世界のどこにもないものを生み出すことができる。

「……定義のない世界でも、自分の世界を保てる魔導。【魔】の使い手であるマヤが、ここにある彼女の肉体を通して、彼女の精神を守ればいい」

マヤが、ぎゅっと小さな手を握って拳(こぶし)を作る。

「昔にあたしのこと南に置き去りにしたくせに、よくあたしにそんな要求できるわね、我堂ったら」

「……ぅ。だって、この中で【魔】の人災(ヒューマン・エラー)なんて起こったら、私、どうしようもなくなるし……本人格まで巻き込まれるし……ていうか本人格の命令だったし……」

「……ってやるわ」

「なに?」

「やってやるわよ!　そう言ったのっ」

「……うん」

マヤの影が広がる。世界に穴が開く。メノウの肉体に入り込み、踏み台にして亜空間へと入り込む。

「メノウが我堂を見つけるまで、あたしがメノウの道をつくってあげるわっ」

　フーズヤードは、ゆっくりと周囲を見渡した。

　儀式場建築のために作業員として引き入れた魔導適性のない第三身分（コモンズ）の一般人は、残らず昏倒している。無理もないだろう。いま展開されている魔導にあてられて、第一身分（ファウスト）の神官ですら恐慌状態に陥っているのだ。

　フーズヤードの視界には、世界が二重になって見えていた。

　導力によって精神に映し出されている燃え盛る戦場と、なにも変わっていない現実世界の光景だ。本質を見抜くほどに鋭く、なにより独特な解釈を可能とするフーズヤードの魔導感覚が彼女に二つの世界を同時に認識させていた。

「……うぷ。気持ちわる」

　魔導酔いともいうべき感覚に、口元を押さえる。

　この場にあって、彼女だけが精神汚染の影響から逃れている。戦場に精神を苛（さいな）まれて気絶している他の人間がうらやましいと、フーズヤードはのろのろと歩を進める。

「魔導兵の攻撃なのは、確実。この攻撃は、物質的なものじゃない。でも本来、精神攻撃が成功したなら、物質的な攻撃も同時にしない理由がないのに、襲撃がない。儀式場を壊すんなら、いまが絶好の機会なのに……」

　ぶつぶつと呟きながら、目的を定めて真っ直ぐに歩く。

　この魔導の発動源には、ミシェルが向かった。中心に近づけば近づくほどに精神攻撃は苛烈になるだろうが、フーズヤードはミシェルの勝利を疑っていなかった。

あれほど美しく完成された導力の持ち主が負けることなど、あり得ない。

問題は、自分のほうである。この状況だ。大規模な精神汚染を仕掛けてきた敵の目的としているものは、考えないでもわかる。

「やだなぁ、やだなやだな」

ひたすらに愚痴を繰り返すフーズヤードは、完成している儀式場の中心部――教会に入った。

ここ一週間ほどで広げた儀式場の中心地。小さな教会の入り口は、すぐ礼拝堂につながっている。

そこには一匹の青い狼がいた。

フーズヤードは一目で狼の正体を看破する。三原色の魔導兵。空間生命体が物質世界に干渉するためにつくる端末だ。フーズヤードなどが戦ったら、きっとひとたまりもなくやられてしまうだろう。

そして、もう一人。

「ここは、わたしの儀式場だよ？」

自分たちを罠に嵌めた人物を、眼鏡のレンズの奥からにらみつける。

「モモちゃんさん。この儀式場を使って、なにをするつもり？」

自分たちとともにやってきて、ともにつくりあげた『絡繰り世』に干渉できる儀式場を乗っ取ろうとしている後輩の名前を呼んだ。

フーズヤードが来たのは、完全に予定外だった。

歯車フレームの眼鏡(めがね)の向こうから、茫洋(ぼうよう)とした眼差しがモモに向けられている。

「どういう精神してるんですか。こいつ」

吐き捨てた暴言も強がりだ。モモの顔はこわばっていた。

最小最多の純粋概念から生まれた四大人災(ヒューマン・エラー)『絡繰り世』の一部を素材にしたアビィ渾身の精神支配である。事実として儀式場の建設を進めていた作業員や護衛の神官は意識を失い、あのミシェルでさえ現実から切り離されている。本来なら、フーズヤードも精神攻撃に苛まれているところを連れ出す予定だった。

だというのに、フーズヤードは立って歩き、剣呑(けんのん)な目をモモに向けている。

「おい」

ギィノームが、尻尾を膨れさせる。横に割れて口を開けた中から出てきたのは、意識を失ったサハラだ。

「俺(おれ)はこの儀式場に必要な導力を供給するから、動けねぇ。姉貴は精神汚染の魔導にかかりっきりだ」

モモがサハラを受け取る。

「お前が相手をしろよ」

モモの脳裏に、聖地での敗北が過ぎる。彼女は一度、儀式魔導を使うフーズヤードに惨敗を喫している。

儀式魔導の主導権争いでフーズヤードに勝てる可能性は、ゼロだ。祭司としてのフーズヤードの才能はずば抜けている。

「くっそ。適当なタイミングで、無理やり言うことを聞かせる予定だったのに……！」

こうなれば直接対決しかない。モモは覚悟を決めて糸鋸を引き抜く。

「戦うの？」

臨戦体勢のモモを見ても、フーズヤードの感情が大きく動いた様子はない。

「それに、やめてほしいなぁ……ミシェルちゃん用に作ったんだから、どんな不具合が出るか、わかんないのに、他の人が供給源になるとかさ」

フーズヤードの瞳が、焦点を失う。

「まあ……この教会一個分なら、わたしでも発動できるんだけどね」

『導力：接続——儀式場・儀式構築魔導陣——発動【導力循環】』

儀式魔導。

フーズヤードの全身から流れた導力が、瞬く間に教会全体に巡って、複雑に織り込まれた魔導陣の効果を発揮する。教会全体が淡い導力光を帯びて輝き、『絡繰り世』という空間を取り込み、術者の元へと供給する。

フーズヤードの手のひらに、三色の導力光が集っていく。

最悪だ。モモは龍脈がないことを安心材料にしてしまった自分の甘さを呪った。

フーズヤードは、自分の精神を周囲の原色概念に投じた。ただの導力を使われるよりも厄介だ。原色概念は、優れた魔導行使者の手にかかれば、どのような性質を持たせることもできる。

フーズヤードが、モモを瞳で捉える。手のひらにある三色の光が彼女の意思に従った。精緻な光線となって張り巡らされ、モモを捕らえようと宙を走る。

速い。しかも強力だ。赤い光線があっさりとモモが振るった糸鋸を焼き切る。

「ああ、もうっ。お前、これを見なさい！」

こうなっては仕方ないと、モモはフーズヤードの研究者根性に賭けた。

気絶しているサハラを、フーズヤードにぶん投げる。三色の光線を操って受け止めた彼女は、モモの行為に眉をひそめる。

「なにしてるの？　いくらわたしでも、導力義肢くらいで手を緩めるなんて――え」

最後まで否定の言葉を言い切ることができなかった。

「なにこの子。導力の流れが、ない……？　原理的に、そんなことあるとしたら」

フーズヤードが、愕然とした。

「第三種永久機関……や、そんなバカなこと……あるわけ、ない――よね？」

「見ただけでわかりましたか」

攻撃の手が止まったのを脈ありと見て、モモはたたみかける。

「導力的な永久機関。注ぎ込んだ導力が、ロスすることなく循環する内在空間。お前なら、この言葉の意味がわかりますよね」

モモの説明に、ごくりと唾を飲み込む。

研究者として、文字通り垂涎の品だ。

「完成された魔導空間――新しい世界の種が、この内部に存在しています」

「ほ、ほほう？　どうやって、つくったの……？」

「【器】の原色概念と【魔】の原罪概念、それを結びつける適性がある人間の魂です。永久機関の実現には二つの亜空間を安定して重ねて一つにする必要がありますからね」

原色概念も原罪概念も、独自の空間を発生させる概念だ。

その二つを結びつけることで、新たになにもない世界を観測できるようになった。

本当の意味でまっさら。

導力すら存在しない、虚無だ。ゼロをつくることで無限を内包する。それが永久機関である。

「ちなみに、私が作ったわけじゃありませんよ。千年近く、コツコツと探していた魔導兵たちの執念の結晶です。それだけ彼らは、自分たちの居場所が欲しかったんでしょうね」

地道に素材を探していただけではないだろう。多くの人体実験や改良交配も行ったはずだ。『絡繰り世』を踏破したと言われるゲノム・クトゥルワなどは、成功例にもっとも近かった人間のはずである。

サハラは、そのゲノムから株分された導力義肢に適合したのだ。

いつの間にか、フーズヤードの視点がしっかりと定まっていた。というか、おそらくは彼女の中で、永久機関以外のものはどうでもよくなっているに違いない。サハラに熱い視線を注いでいる。放っておいたら解体作業をし始めかねないほどだ。

「へー、へーっ。なるほどなるほど？　うんうん、それでモモちゃんさんは、私になにをしてほしいの？」

「この中に、『絡繰り世』のすべてを注ぎ込んでください。原色概念を、この世界から消し去るんです」

フーズヤードが押し黙った。

「なんで、やると思うの」

「やらないわけないでしょう」

フーズヤードの答えを聞くまでもなく、モモは彼女が「やる」ことを確信していた。

「お前が、度し難いほどの研究者だからです」

ひどいなぁ、とフーズヤードは不服そうに唇を尖らせる。

まるで自分が、常識のない人間であるかのようだ。

隠しようもなく嬉々とした笑みが口元からこぼれ落ちる。

こんな機会があれば、協力するのが好奇心を持つ人間として当然だろうに。

「ちなみに、原罪と原色を結びつけたのってこの子だよね。『絡繰り世』なんて注ぎ込んだら、肉体にはもちろん、魂やら精神にどんな弊害でるかわからないけど、いいの？」

「いいですよ。新世界の礎になるなら、こいつもすごく特別になれて本望だと思います」

気絶したままのサハラの安否に特に興味がなかったので、モモは投げやりに言い捨てた。


気がつくとメノウは一人、導力光の中で佇んでいた。

左手には教典を持って、二本の短剣を携えている。

これはイメージの問題だ。肉体ではないいまのメノウが、肉体のあった頃の自分を自分として定義しているから人の形をしているにすぎない。実際問題、いやに五感が薄い。というか、五感で感じるべきものがない。

いまいる世界を認識するには、導力に接続して解析していく以外に手段はなかった。

ふわふわとした感覚に戸惑いながらも、左右を視る。

『絡繰り世』は外縁部から中心部まで原色概念に満ちていたが、ここは逆になにもない空間だった。影ができる場所などあるわけがないのに、メノウの足元に影があるのが不思議なくらいだ。

　導力の海、と表現するのが一番しっくりきた。

　物質もなく、法則もなく、定義もない。ゆっくりと、しかし絶え間なく揺らめいて流れる【力】のみが遍在している。【力】の流れに終わりも始まりもなく、導力光の粒子が果てしなく続いている。

　なにもない空間に導力を注ぎ込んだら、こうなるのだろう。どれだけ広いかもわからず、ただ導力だけが存在する。いまのメノウも含めて、すべてが【力】で構成されている不可思議な空間だ。

「あっち、かしらね」

　自分がどこにいるかもわからないまま、わずかに動いている導力の流れに沿って進んだ。少しでも気を抜くと、自分がこの世界に溶けてしまいそうだ。肉体という境界線を失くしたいま、【力】しかないこの世界でメノウをメノウたらしめているのは、名前と自意識だけだ。

　地面がないように見える空間なのに、不思議と足裏にはしっかりとした感覚がある。

　空間を満たす導力には、流れがあった。地脈や天脈の流れに似ている。だがそれよりももっと広大で、無辺の流れだ。時折、渦を巻き、波を打ち、あるいはピクリとも動かず静止する。形あるものや意思あるものが存在しない。メノウが知っている定義が当てはまらない世界だ。

　流動的で広大な導力の海に、メノウの求める人物がいる。

だからメノウは歩く。わずかに感じる導力の流れに沿って、歩き続ける。距離の概念があるかもわからない道を、ひたすらに歩く彼女の背後で、導力光が渦巻いた。

背後から、濃密な魔導構築の気配を感じる。

「っ！」

メノウは振り向きざま、相手の頭に短剣を突き刺す。

確実な致命傷。即死を与える一撃だ。

だが相手はまだ動いた。

『導力：接続――無量粒子・純粋概念【無】――発動【無手】』

メノウは飛び退(の)いた。

メノウに向けて放たれた魔導が、周囲の導力をごっそりと消し去った。

凶悪な魔導の発動元には、学生服を着た黒髪の少年がいた。メノウの短剣が、彼の頭に突き刺さっている。

「どうしていまさら、こんなところに来たんだ」

致命傷を負った少年が、恨みがましい声を上げる。

「俺のことは殺したくせに、自分の友達は助けるんだな」

メノウの見覚えのない少年の体が霧散して消え去る。

誰だったのか、どういう現象だったのか。メノウが戸惑いに立ち止まっていると、別方向から声が響いた。

「あら、彼を忘れてしまったのですか？」

からん、と下駄（げた）の音が鳴った。

敵と判断して投擲した短剣を、今度現れた人物は鉄扇で受け止める。

弾かれた短剣を、メノウは導力の糸をたぐって手元に取り戻す。

「それとも、もともと名前も知らない相手でしたか？　いまのあなたに、わたくしの名前は記憶にありますか？」

現れたのは、白い着物をまとった少女だった。

あの人は、誰だっただろうか。記憶を探っても、メノウには思い出せない。わかることといえば、彼女が着ている和服が、マヤがいつも羽織っているものとそっくりなことぐらいだ。

名前の知らない少女は、口元に扇を当てて嘆息する。

「残念です」

ぱっと鉄扇を広げて振るう。

『導力：接続――鉄扇・紋章――発動【風刃】』

周囲の導力が鋭い刃風となってメノウに襲いかかってくる。

ふっと吐いた吐息と一緒に踏み込み、前進することで風の刃を潜り抜けて少女の首を掻（か）っ捌（さば）いた。

「わたくしが言うのもなんですけど……メノウさんは自分のことをもう少し大切にされたほうがよろしいですよ」

人の形を失った彼女は、瞬く間に霧散する。

少し、わかってきた。

先ほどの男子と同じように消え去った相手を見て、メノウは理解する。

周囲にある導力が、メノウの過去を再現しているのだ。メノウの中にすらなくなっている、メノウの過去の形になって干渉している。

「訳のわからない空間ね」

小さく呟いて、メノウは進む。あるいは、この空間を参考にすれば誰かの過去を再現する魔導も発動できるかもしれない。そんなとりとめのない思いつきはすぐに脇に置く。

この空間のどこかに、我堂蘭はいる。かすかに感じる導力の流れに沿って、メノウは歩みを再開させた。


「わかったか?」

何人の、自分自身を斬っただろうか。

自分の過去再現を相手にしていたミシェルは、この魔導の本質に気がついていた。

これは、対象の精神を分析する魔導だ。

取り込んだ人物の中にある精神世界を分析して、再現する。本人が記憶していないものも含めて、その人物を構成するすべてを展開している。

攻撃が本当の目的ではない。ミシェルに自分の経験した過去を思い出させるのがこの魔導の目的なのだ。

ミシェルは己の千年を斬り進んだ。

いまの彼女は、ここで戦いを始める前とは別人といってもいいほどの経験を積んでいた。ハクアに失望した自分、おのれの人生に絶望した自分、他人に希望を託した自分。幾人もの自分と邂逅して戦った。

そして、いまの自分の一つ前、老いさらばえた自分が、ミシェルに告げる。

「シラカミ・ハクアは、もう、誰かを救うことはない」

「……そうだな」

自分を一人切り裂く度に、思い知らされた。

千年の失敗を積み重ねても、まるで顧みられることがなかった。輝かしい日々が残した希望の記憶を抱えて生きてきた。

かつて、白亜はミシェルに言ったのだ。

いつか、この世界から純粋概念なんてものをなくす、と。

ミシェル自身は、そんな未来が来るなんて信じていない。異世界召喚は、星が起こす自然現象だ。そして人の欲が詰まった魔導として確立されてしまった。力を求めるのが、人間の本能だ。人の犠牲がなくなるだなんていう理想とは正反対のものばかり見せられて、信じろというほうが無理な話なのだ。

けれども、ハクアがそういう世界はあるのだと信じていた。

それだけで、十分だったのだ。

「お前の言う通りだ。決着を、つけようか」

老婆の自分を切り裂いて最後の記憶を取り戻すと、原色概念で構築されていた精神世界が砕け散った。

戦場が消え失せ、空に白い太陽が浮かぶ風景が取り戻される。そうしてミシェルの前に姿を現したのは、褐色肌の艶やかな魔導兵だ。

「……あはっ、克服しちゃったか」

アビィは、ミシェルの精神に干渉し、ミシェルの過去そのものになって襲いかかったのだ。素材さえあれば世界すら作れる原色概念の使い手に恥じない大魔導。ミシェルの過去世界をぶつけ、過去のミシェル自身と戦わせた。

だが、その代償は小さくない。

「それで？　お前自身は、どれだけ残っている」

「……」

アビィは無言のまま不敵な笑みを浮かべる。

もちろん強がりだ。ミシェルの過去世界を再生した魔導に費やした素材は、アビィが生まれてから溜め込んだ素材のほぼ全てだった。もはや人型の端末すらロクに作れない。ここにいるアビィが死んだら、次に人型の端末を出す余力はなかった。

アビィの限界を見抜いたミシェルが目を鋭くする。

「どうしてそこまでした？　適度に戦って逃げることもできたはずだ」

「……年少の子たちのためだよ」

ミシェルの問いに、アビィは真摯に返答する。

「あの子たちが、誰にも奪われず、誰からも奪わずに生きていける居場所が、どうしても必要なの」

「なるほど……」

ミシェルは、背後を振り返る。

精神攻撃への対応のため、儀式場から大きく離されてしまった。アビィの狙いは、ミシェルを儀式場から引き離すことにあったのだ。

そしてそこで、いま言った望みを叶えるために、なにかしらを行おうとしている。

「お前の言う居場所は、『絡繰り世』ではいけないのか」

「ダメだね」

アビィは強い口調ではっきりと否定する。

「『絡繰り世』はいまある世界の上に成り立っている亜空間だもん。白夜の結界がなくなったら、人類と争いになるでしょ？　君だって実際にいま、崩そうとしてるじゃん」

魔導兵たちを閉じ込めている結界は、逆に人類に侵食に対する防波堤にもなっていた。もしかしたらいましばらくは平和な時代が続くかもしれないが、将来的に見れば必ず争いになるという確信があった。

「どの時代も、戦争か」

重たげに息を吐いたミシェルは大剣の柄を握る。

アビィも拳を固めた。戦いの前に、数少ない、自分より長く生きた生物へと問いかける。

「私たちはさ、長く生きすぎたと思わない？」

「……」

「死なない。寿命がない。未来がないのに、力はある。それが私たちだ」

不死身に至る存在は例外なく強い。強いからこそ、自分が生きるために新しい芽を摘み続ける。もしかしたら自分以上になるかもしれない存在を摘み取って、搾取して、自分がさらに大きくなる。

「だから私たちは、自分自身で死に場所を決めなきゃいけない。それが寿命のない存在の義務。できない年長者は、害悪だ」

「……否定はしない」

『導力：接続――断罪剣・紋章――二重発動【水流・圧縮】』

ミシェルの大剣が振るわれた。かろうじて飛び退いたアビィの足元に斬痕が刻まれる。

「それでお前が、ここを死に場所と決めたのには納得しよう。だがな、それは、私には関係のないことだ」

ミシェルは千年の記憶とともに、自分のやるべきことを思い出していた。

「私の死に場所は、ここではない」

自分の目的を果たすため、ミシェルはアビィを粉砕するべく戦闘の姿勢をとった。


儀式魔導の発動に沿って、フーズヤードの意識が世界に埋没する。

ここが亜空間である『絡繰り世』だからか、離脱した精神が、かつてない深度に至る。魂が概念の壁を超えて、世界の裏側を垣間見る。

そこには、導力の海が広がっていた。

陶酔の感情が胸いっぱいに広がる。

物質の裏側には、導力の世界がある。このまま、どこまでも広がるままに身を任せれば、世界と一つになれる。

そんな誘惑を断ち切ったのは、物質世界への未練だった。

仲よしの人たちとたくさんおしゃべりをしたいし、おいしいものもいっぱい食べたいし、明日を過ごすためにたっぷり睡眠をとりたい。

俗な欲求に、意識の深度を引き上げる。物質世界に焦点が合う。

重要となるのは、サハラという少女に付いている導力義肢だ。物質として存在するこれは、方舟と呼ぶべき機能を秘めている。

永久導力機関。二つの亜空間を重ねることで、安定した無限空間を作り出した。この導力義肢は、あくまで入り口だ。一度完成したこの中にある世界と経路をつなげなければならない。

自分が作り上げた儀式場が『絡繰り世』に干渉する。分解して消し去るはずだった導力を、そのまま、なにもない空間に注ぎ込む。

それは世界を創るがごとき所業だった。

無が、脈打った。

なにもなかった世界に、有が流れ込む。フーズヤードの頬が陶酔で赤らむ。心臓が早鐘のように鳴っていた。食い入る瞳で神秘を見守った。

周囲のすべてが消えていく。この世界で発生した三原色が違う世界に落ちていく。そうして、まったく別の法則を持った世界として産声を上げる。

「よくやりました」

モモの声が、フーズヤードの耳に届いた。儀式は、成功した。この儀式の導力源となった青い狼――三原色の魔導兵の端末は崩れ落ちている。彼の本体も、遠からず新しい世界へと流れ込むだろう。

サハラが持つ導力義肢に、『絡繰り世』が流れ込む経路が形成された。しばらく時間はかかるが、そのうち『絡繰り世』という空間は三原色の魔導兵も含めてすべてこの中に入っていく。

「ふう……モモちゃんさんは、どうするの？」

「私ですか」

モモは教会の出口に向かう。『絡繰り世』にいる魔導兵たちの居場所をつくるというアビィとの約束は果たした。

「私は、私のやるべきことをやります」


アビィの原動力は、復讐だった。

アビリティ・コントロール。『絡繰り世』十三地区。三原色の魔導兵の中でも十三番目に生まれたのが、アビィという空間知性体だった。

かつて生まれたばかりのアビィは、争いというものを知らなかった。

『絡繰り世』の中心部と接する空間で知性を萌芽させた彼女にとって、原色の素材は無限とも思えるほどに供給されるものだった。「学校」という形をしたモノリスから、ぼろぼろと絶え間なく吐き出される素材を食らって、アビィは順調に成長していった。

奪うという概念もなかったから、迷い込んだ人間が来た時も水を与え、彼らが食べることができる食糧を与え、やがてそこは、多くの人間と魔導兵が共存する小さな楽園になった。

アビィは自分の小さな世界を愛していた。自分の中にいる自分以外の存在に与えることを惜しまなかった。

百年。

それだけの期間、楽園は運営された。

だから知らなかった。

満ちれば、奪われるということを。

アビィの楽園を襲撃したのは、年長の魔導兵だった。自分の手足になる端末を送ってアビィの楽園を切り取り、抵抗する人々を虐殺した。もちろん人間の死体も素材として持ち帰った。

不慣れながらも端末を使って戦ったアビィの抵抗を、相手はあっさりねじ伏せて解体した。

アビィは三原色の魔導兵が少ない本当の理由を、その時、初めて知った。

壊しているのだ。他の区長が、全員。生まれた端から砕いて壊して自意識がなくなるまで侵食して喰らっている。

抵抗を繰り返し、アビィが戦うことを覚えた頃には、自分の楽園だった場所にはなにも残っていなかった。

だから、アビィの原動力は復讐だった。

年少の三原色の魔導兵を保護し、力を蓄えた。年長の魔導兵たちがいま以上に力をつけないように、自分の端末を飛ばして保護をした。いつか、年長者を駆逐するためだ。それ以外の目的なんて、なかったはずだ。

なのに、どうしてだろうか。

そんな弟妹に、自分のような経験をさせたくないと願ったのは。

「――っ!」

アビィの体が跳ね飛ばされる。ミシェルの強烈な一撃をガードしたのだが、諸共に吹き飛ばされた。

ミシェルに対して白兵戦で勝てる目はない。かといって、彼女に対抗するための魔導兵を作る素材は尽きている。千年の記憶を埋めたミシェルが相手では、精神干渉も不可能だ。

そして、いまの端末がなくなれば、アビィはほとんど空っぽになる。素材の減少により、自意識が保てるかどうかすら怪しくなるだろう。

必敗の戦いの最中にあって、アビィは不敵に笑う。

「あはっ、残念だったね……」

いつしか復讐よりも、年少の子供たちの未来を願うようになっていた。ギィノームをはじめとした弟妹たち。そして、百年に満たない月日を過ごす人間たちも、自分たちとの奪い合いを始めてほしくなかった。

「私は、もう……【星】の予言を、達成してるんだよ」

『導力：接続――断罪剣・紋章――発動【水流】』

ミシェルの大剣から流れる濁流に足をとられて、アビィは膝をついた。

寸暇もおかずにミシェルの追撃が放たれた。自身が放った水を割る蹴撃に吹き飛ばされ、冗談みたいに地面をバウンドしたアビィの精神に、かつての楽園がよぎった。

戦いなんて知りたくなかった。

なにも奪われたくなかった。

誰からも奪われたくないから、誰からも奪いたくもなかった。

だからアビィは、新しい世界を求めた。

文字通り、自分たちが住まう新しい世界を。

「貴様にしてもモモにしても手が込みすぎているとは思ったが、なるほど、廼乃さまか。貴様は、どんな予言を受け取ったのだ？」

地に伏せたアビィに、ミシェルが問いかける。星崎廼乃本人と面識がある彼女からすれば、【星】の予言は気になるだろう。

モモは、メノウがアカリに肉体を譲るという未来を聞かされた。

そしてアビィは、永久機関が完成するという予言を知ったのだ。

「方舟だよ」

よろよろと立ち上がりながら、笑う。

自分たちが奪わなくてもいい、新しい世界へたどり着く方法。

半年前に『絡繰り世』を出た時にモモと出会い、星崎硒乃の予言を聞いて、自分のすべてを費やす覚悟を決めた。

この一戦がアビィの天命で、寿命だ。

自分の本体に、意識を戻す。

もはやアビィの本体である空間は、ひどくちっぽけなものとなっている。

ミシェルへの精神魔導の行使で手放していないのは、かつて、自分の楽園があった場所だ。

そこには、一人の少女が浮いている。

少し童顔の、かわいらしい少女だ。胸元に刺さった塩の刃先のせいで、胸の中心が少し、塩となっている。

この半年、彼女はアビィが大切に大切に残した、楽園の跡地に安置していた。

モモの大切な人の、大切な人だと聞いていたから、アビィの大切な場所に置くことを決めた。

メノウに会って、大切にしてよかったと心から思った。

まだアビィが一度も話したことのない彼女の、ちょっとクセがある黒髪に一匹の青い蝶がとまっている。モモに渡す導器をつくるために、彼女の肉体の分析が必要だった。

あとは、この子を返すだけだ。

けれどもアビィには、自分の本体からモモのキャリーケースにこの子を送り込む余力も残っていなかった。このままではモモとの約束が守れないと焦燥に駆られた時だ。

「あ」

世界が、変化を始める。

白夜の帳に閉じ込められていた世界が、とある一点に流れ込んでいく。そこは、ミシェルたちがつくった儀式場の中心部だ。『絡繰り世』の亜空間が消え去って、通常の空間に戻る。

そこは、荒野だった。

長年、『絡繰り世』と重なっていたために生命の芽吹きがない、荒れ果てた岩と砂の大地だ。

アビィの願望が成就した。自分以外の魔導兵たちが、『絡繰り世』を構成するすべてが、新しい世界へと旅立ったのだ。

瞳から、涙が流れた。ほんの少しだけ力が湧いて、アビィは自分の頬を伝った雫を指で拭った。自分の瞳からこぼれた青い雫に、意識を注ぐ。

『導力：素材併呑――原色理ノ青石・原色擬似概念【青】――起動【楽園：接続：箱】』

モモとの約束を果たすための魔導が、行使できた。

「喜べ」

ミシェルの刃が迫る。

「貴様の勝ちだ」

敵からの祝福に微笑んで、アビィは彼女の刃を受け入れた。

メノウは老いた大司教と戦闘していた。

恐ろしく精緻に教典魔導を使ってくる。純粋概念を行使してなんとか勝利したメノウは、肩で息をしていた。

「諦めればいいのに。つらいでしょう。そのまま進んでも、仲間も死んで、一人になるだけよ」

心臓に刃を突き立てた老婆は、同情の瞳を向けていた。

「憐れな子」

最後までメノウを憐れんだ老婆の姿が霧散する。

勝てたことが、信じられないほどの強敵だった。完全にメノウを優越した魔導技術。膨大な積み重ねを感じる戦闘感覚。純粋概念を持っていなかった自分が、どうやって勝利をしたのか。

この空間に来てから出現した強敵は多いが、一番強かったのは彼女だ。

記憶にない相手を倒しても、メノウが純粋概念を使うために費やした記憶がよみがえることはなかった。

メノウが覚えている人間は、出現しない。

ミシェル、ハクア、アカリ、マヤ、サハラ、アビィ。この半年での交流がある人間の記憶は残っている。もしかしたら、数人、忘れてしまっているかもしれない。名前が出てくるのが、たったの六人しかいないというのは、おかしい気がする。

「……ふう」

先に、進む。

床も壁も存在せず、おそらくは大気すらない。メノウは自分がいまどうして歩けているのか、なぜ呼吸ができているのか、全く理解できていない。現実感が喪失しているあまり、夢の中にうっかり迷い込んでしまったのではないかという気すらし始めていた。

導力の源泉、星の深部、あるいは魂の世界。

呼び方はさまざまだ。

純粋概念すら、この場所ではほんのひとかけらの構成要素でしかない。あまりに広く、とりとめのない空間にい続けることで、徐々にメノウの自意識も希薄になっていく。

無秩序だった導力の海は、少し様子を変えていた。

メノウに興味を示しているとでもいうべきか、周囲の導力が意思を持ち始めているかのように感じる。メノウのすぐそばに流れて来たり、からかうように小さく渦まいたりする。なにかがあるというわけではない。邪魔をするわけでも協力をするわけでもなく、メノウに干渉しようとする。あるいは、メノウが導力そのものに近づいて、周囲にある導力の影響が強まっているのかもしれない。

何度目になるのか、突進してきた導力の渦をかき分ける。このままでは、自分がなくなってしまいそうだ。対策を取らなければならないのに、危機感すら希薄で漠然としていて、思考がぼんやりとする。

自分は、もう、ダメなのだろうか。

なにをされたわけでもなく、なにができたわけでもなく、ただ導力の海に揺蕩(たゆた)うだけでメノウが世界に屈しそうになった時だ。

かつん、と硬質な靴音がした。メノウが顔を上げると、一人の神官が立っていた。

「……っ」

彼女の名前を呼ぼうと口を開いたのに、声が出ない。

誰だっただろうか。

わからないが、知っている気がした。

不吉なほどに赤黒い髪をした女性だ。背が高く、まっすぐとした立ち姿には不思議な圧がある。

メノウは、彼女のことを知らない。

皮肉気な口元も。世界を見下す瞳も。容赦を知らない指先も。

彼女を思い出せないことが、喉(のど)をかきむしりたくなるほどもどかしかった。彼女の姿がたまらなく懐かしいのに、その感情の意味がわからなかった。彼女のことを思い出せない自分が

「メノウ」という名前の自分であっていいのか、急にみじめな気持ちになった。

知らず、メノウは自分の首元に巻いた、黄色のケープを握りしめていた。

自分の記憶がないことが、泣き出したくなるくらいに悔しかった。

赤黒い髪をした神官は、なぜかメノウに襲いかかることはなかった。いままでの記憶たちと違って、なにか恨み言をぶつけることも、教え諭そうとする気配もない。

ただ、面倒そうに腕を上げて指を差す。

「そっちに……」

なにかが、あるのか。

問いかけようとした時には、赤黒い髪の女性は消えていた。

しばらく、メノウは呆然と立ち尽くしていた。心が、折れかけていた。大切な人を忘れてしまった。大切なものを、大切なものだとわからなくなっていた。いままでになく、記憶の喪失を自覚させられた衝撃に打ちのめされていた。

だが、止まってばかりではいられない。

メノウは確信を持って進む。

あの人が指差した方向ならば間違っていないんだと、信じて歩く。

メノウの足が、床に触れて音を立てた。

なにもないはずの空間に、物質が現れたのだ。

ガラスのように透明な床が広がり、四角い箱が不規則に並んでいる。まったく色の付いていない透明な物質には、制御された導力光が幾何学模様に走っている。

ここには、秩序があった。

触れることができる物質が現れた代わりに、周囲に満ちていた【力】が途絶えた。急に周りの導力が消えたのが心細くなる。導力に囲まれない空間がメノウにとっては普通のはずだったのに、いつの間にか導力に包まれる空間に慣れていた。

無防備になった自分に怯えながら、メノウは透明な物質の上に降り立つ。慎重に進んでいく。ここにある物質の導力の流れは、一点に向かって流れている。その経路に沿ってメノウは歩いて行く。

やがてたどり着いた中心地点には、一人の少女がたたずんでいた。

この空間は、生命が発生するような場所ではない。素肌にワイシャツを着て立っているのが誰なのか。問うまでもない。

彼女こそが、我堂蘭。【器】の純粋概念の行使者だ。

ぼさぼさの黒髪に、目元の隈が異様なほど濃い女性だ。メノウがこの空間に来る前に出会った我堂蘭の肉体と、見た目はまったく一緒である。

彼女が、うろんげにメノウに目を向ける。

「誰だ、君」

黒い瞳で興味の失せた顔のまま、我堂蘭が問いかけた。

マヤの頬に、汗が流れる。

メノウの肉体から経路をつなげて、彼女の魂を原罪魔導で覆っている。あの世界にあるメノウの影は、マヤの魔導が肉体から離脱してむき出しになった『メノウ』という存在を支えている証明だ。

だが、他者の精神と魂を支えるのは、楽ではない。

彼女のそばで体育座りをしていた我堂がマヤの汗を拭く。もしもマヤの助けがなければ、メノウの魂は導力の海に溶けて消えただろう。たぶん、最初に意識が目覚めることすらなかったはずだ。

「あっちにいる我堂は、どうしてこんなことをするの？」

不意に、マヤがここにいる我堂の肉体に問いかける。原罪魔導でメノウを支援しながらも会話ができる精神力に驚きながらも、我堂は小首を傾げる。

「……こんなこと、って？」

「だって、ひどいじゃない」

マヤは悔しさに下唇を噛む。

「あなたにつらいことを全部押しつけて、自分はずーっと自分の世界に閉じこもるっ。そんな自分勝手、よくないことだわ！　すごく意地悪じゃないっ」

　自分のために怒っているのだと聞かされた我堂が、目を見張った。

　廼乃が死んだ時に、マヤは彼女に助けられた。そうでなかったら、おそらくマヤは『星骸』が起動した時に、異世界送還陣の発動条件の一つとして、生贄に捧げられていただろう。

「……覚えていないいんだと思う」

「は？」

　なにを言われたか、一瞬、わからなかった。

「それって、純粋概念のせいで記憶が削れてるってこと……？」

「……違う」

　マヤの言葉に、かぶりを振る。

　我堂蘭の【器】の純粋概念行使による記憶消費は、ここにいる彼女に押しつけられている。魂の世界にいる我堂蘭が行使する純粋概念の魔導によって記憶が消費され、人格を増やしてそれでも自分を保つために余計な感情を原色の輝石に変化させて外部へと排出する。

　だから我堂蘭の記憶が、純粋概念で消えることはない。

「……私のことも、ハクアのことも、そもそもこの世界のことも、そう」

　到達が困難なのは、メノウたちを試しているわけでもなければ、邪魔をする意思があるわけでもない。

「……我堂蘭は、単純に――千年前に置き去りにしたもののことなんて、普通に忘れているだけ」

あまりにも当たり前のことを、当たり前の表情で告げた。

歓迎はされていないようだ。それでも気圧されて後退するだけでは、なにかを得ることなどできない。

だからメノウは、ようやく出会えた我堂蘭に挑む瞳を向ける。

「私は、メノウ。あなたがつくったものについて、質問をしにきたのよ」

メノウの言葉に、怪訝な顔をする。

「それはご苦労なことだ。そのためだけに、わざわざ物質世界から来たのか？　普通なら、魂が溶けて消えてるのに……ああ、原罪魔導か」

我堂蘭は、メノウの足元にちらりと視線を向ける。そこで初めて、メノウは自分にある影が自分のものではないことに気がついた。

これは、マヤの力だ。マヤの力がメノウの形をとることで、魂の世界でメノウを守っていた。

「いいね。わたしとは違う魂の保ち方だ。ここまで来た工夫と発想に免じて、質問に答えようか」

「『星骸』――異世界送還陣にまつわることよ」

「なにそれ」

我堂の口から飛び出た言葉は、あまりにも予想外だった。

「せいがい？　異世界送還陣？　そんなもの、わたしが……つくったっけ？」

本当に心当たりがなさそうだ。ここに来て人違いということもないはずだが、それでも不安がメノウの胸に湧く。

「……異世界送還陣の起動キーよ。本当に心当たりがないの？　『星骸』はあなたと栖乃がつくったはずでしょう？　……あなたが【器】の純粋概念の持ち主で間違いないのよね」

「【器】は間違いなくわたしだけど……栖乃関連か。ちょっと待ってくれ。いま思い出す。千年前だと何番台だったかな……」

独り言を呟きながら、我堂が魔導を発動する。

『導力：素材併呑――塗装漂着・純粋概念【器】――起動【再生：ログ111324】』

周囲にあった透明な箱に走る導力光が、一瞬だけ強くなる。導力の一本線が整然と並ぶ箱の一つと我堂をつなげた。

魔導によって、外部に保存していた千年前の記憶を精神にダウンロードしているのだ。

「ああ、そうだ、そうだった。『星骸』ね。そういえば設定してた。異世界送還陣の起動キーは……ん？　なんだ、君。もう、持ってるじゃないか」

「え？」

　我堂が指差したのは、メノウが持っている教典だった。あまりの意外さに、メノウはあっけにとられる。

「これが……教典が起動キーになっているの？」

「そうだよ。バカみたいに長いパスワードだろう？　廼乃の提案で、白亜を讃えていた連中が造った本を導器にしてやったんだ。汎用性(はんようせい)高いだろ、それ。千年前に造った中じゃ、まあまあの品だ。ちょっと大きいのが玉に瑕(きず)かな」

「……教典の内容って、廼乃が決めていたの？」

「白亜が嫌がる顔を見たかったんだろうね。廼乃は、そういうところがある」

　複雑な顔になるメノウに、我堂はおざなりに頷く。

「環境制御塔の中で教典の全文を発動して読み込ませるといい。それで導力認証が通って管理者権限を掌握(しょうあく)できるようになる。君に教典を発動させられる魔導技術がないなら、それまでだ。魔導技術の指南まで、面倒はみられないね」

「……できるわよ、それくらい」

　むっとして返答する。

　メノウは魔導行使者としての技量には自負がある。導力的な才能に乏しかったメノウが磨いて得た技術なのだ。

　誰から教わったかは、忘れてしまったが。

第一身分に配布される教典は、ハクアが各地の情報を収集するためのものであり、異世界送還陣のための導器でもあったのだ。

「それにしても、あっさりと教えてくれたわね。もう少し手こずると思ってたわ」

「もう物質世界には興味がないからね。外はどうなってる？　人類が滅んでてくれると嬉しいんだけどな」

「なんでよ。ハクアが好き勝手してるわ」

「ふーん。千年じゃ、人類も死滅しないか。千年前のことを考えれば勝手に自滅すると思ったんだけど、ちょっと意外だ」

物騒なことを言う人物だ。

しかし、さっき我堂が行使した魔導はメノウの欲を刺激した。彼女は外部に保存していた記憶のダウンロードをしたのだ。

「……さっきのって、記憶の補充よね。ここにある装置は、『星の記憶』と同じ仕組みなの？」

「バカ言うな。ここにあるのは、昔に造った『星の記憶』の遥か発展形だ」

気を悪くしたのか、我堂の口調が尖る。

「あんな千年前の遺物なんて原型もとどめてないよ。記憶情報の保存と収集のためにわざわざ本の形をした導器を用意したり、装置がいちいち巨大になったりで無駄が多かった……恥ずかしいな。まだ物質世界には残ってるんだ。よければ壊しておいてくれないか？　あんなデカブツ、いまじゃこれ一個以下の機能しかないんだ」

言いながら、我堂が辺り一面に並んでいる透明なキューブの一つを軽く小突く。

「これ一個が、『星の記憶』以上の性能を……？」

驚愕を心で押し殺し切れず、声が震える。我堂の言葉がそのまま事実なら、ハクアがいた人間の記憶収集施設『星の記憶』以上の機能を持つ導器が、数えきれないほど並んでいるのだ。

『星の記憶』はあくまで人の記憶だけを収集していた。それでも十分にすさまじい施設だったが、ここは桁（けた）が違う。

「当然だ。この世界の分析には、これでも足りない」

導力の起源である海の世界で、すべてを収集、分析して保存しているのだ。

「ここに、わたしの記憶はないの？」

「君の？　あるよ。どっかに。欲しいなら、あげようか」

我堂があまりもあっさり、メノウが救済される可能性を告げる。

あまりにもうまい話に、かえって警戒心が芽生えた。

「……いいの？」

「大した手間じゃない。君の持っている教典を貸してくれ」

教典は、人の魂や精神が入る器となる。というよりも、『星の記憶』にある記憶情報を保存する導器をベースにして魔導書として大陸中に配り、情報収集の一画を担っているのが第一身分(ファウスト)の教典なのである。事実、一時的にとはいえサハラの人格が完全にメノウの教典に収まっていたこともあった。人の記憶を記録することが可能なのだ。

この魂の世界でも、イメージのまま持ち込んだ道具は同等の機能を宿しているのだろう。ここに来るまでの戦闘で、短剣などの紋章も扱えた。

「……ん？ ああ、ダメだ」

メノウの教典を手に取った我堂が、眉をひそめた。

「この教典、すでに別人の記憶が入っているね。上書きしていいか？」

「え？」

とっさに我堂の言葉の意味を摑みかねた。

この教典は、少し前にアビィから受け取ったものだ。教典を通じて『星の記憶』から接続できるハクアの監視機能を外したものである。誰かの記憶が入るような出来事は起きていない。

だが、少し考えて気がついた。

アビィがこの教典を誰から受け取ったのか、メノウは聞いていない。

「……」

もしかして、という予想がメノウの胸に浮かぶ。そして、いま気がついた情報が事実だとしたら、この教典に入っている記憶は決して消去してはならない。

「……ダメ。消せないわ」

「そう？　なら君は、自分の記憶を諦めるのか。それもいいだろう」

「教典を経由しないで、私自身に直接、記憶を入れることはできないの？」

「できるけど、そうすれば君は完全に、物質世界との繋がりをなくすよ。君の魂が、この魂の世界に直接接続するからね。二度と元の肉体に戻れなくなる」

自分の記憶か、教典にある記憶か。どちらを選ぶべきか、葛藤が胸に広がる。

ここを逃したら二度はない。おそらくはメノウが自分の記憶を取り戻す最後のチャンスだ。

ここに来るまでに出会った、知らない人々のことが胸によぎる。なにより、名前を思い出せない赤黒い髪の女性の姿が、メノウの心を締めつける。あの人のことを思い出せるなら、いまメノウが抱えている企みなんて、放り捨てたほうがいいのではないだろうか。

数分もの時間、無言で悩んで――やはり、メノウは自分を諦めた。

「……ねえ、我堂蘭」

「………ん？　ああ、そういえばわたし、そんな名前だったっけ」

「あなたは、ここでなにをしてるの？」

「わたし？」

我堂の疑問符に、メノウは無言で首肯する。自分を諦めたメノウの胸に浮かんだのは、なに一つ諦める必要がないほどの能力を持つ我堂への現状に対する疑問だった。

彼女は、元の世界に帰ろうと思えば帰れる。独力で異世界送還陣を一から造る能力があるはずだ。導力だけが広がるここに、一人寂しく居続ける意味がメノウにはわからなかった。

「地球にいた時、思い通りにならない世界が、嫌いだったから」

「どういうこと？」

「居場所がなかったんだよ、日本にいたわたしは」

置き去りにしたすべてに未練がないからこそか。我堂は自分の過去を隠すことなく明かす。

「勝手に行動する他人が嫌いだった。遠い国の戦争も嫌いだった。近い距離の家族も苦手だった。学校なんていう箱に至っては、トラウマそのものさ。わたしは、わたしの思い通りにならないわたし以外のすべてが、大嫌いだ」

『絡繰り世』の中心部が、日本の校舎の形をしていたのは、我堂が真っ先に自分から弾き出したトラウマの形をしていたからだ。

「だからこの世界に召喚されて、与えられた能力を知って、うれしかった」

異世界に召喚され、【器】という純粋概念を得た彼女は、先ほどダウンロードした中に含まれていた当時の感情と願いを語る。

「わたしは、神様になりたかったから」

幼児でも夢として語ることがない未来像を聞いて、メノウの背筋にぞっと悪寒が走った。

絵空事に思えるほど大仰な言葉だ。だが、この世界に召喚されて純粋概念を得た我堂ならば、決して根拠のない妄言ではない。

空間を作れる。物体を作れる。知性を作れる。

創世の力を持つ【器】の純粋概念は、人では至ることができないはずの神の力にもっとも近い魔導だ。

「廼乃の能力を借りて導力で成り立つこの世界の根源までの道を敷いた時、わたしはここに居座ることを決めた」

未来視も可能な【星】の純粋概念とは、星の根源であるここを覗き見ることで限りなく正しい先の答えを弾き出す能力なのだ。世界のすべてを把握して未来の結果を得る計算をこなす導力演算機を我堂の能力で作り、二つの能力を組み合わせて未来予知を成立させていた。

「世界の仕組みさえ理解できれば、神様になることだってできるはずだったから」

自分の思い通りになる、自分以外のものを求めた。

我堂蘭が作ったモノリス内部の原色空間は、星崎廼乃の純粋概念【星】の経路を辿るための踏み台でしかなかったのだ。

世界の過去を製本する『星の記憶』も、地脈を利用して各地への超距離の転移を可能とした『龍門』も、異世界へと経路を繫げる送還陣『星骸』すら、我堂の夢の過程でできたオマケでしかない。

世界の作り方のお手本ともいうべき、ここに来るためだ。

「神様になって、どうするの?」

「神様になって初めて、わたしは他人から自由になることができる」

人を嫌った人生を過ごした彼女は徹頭徹尾、他の人間に興味を持たなかった。

導力とは、なにか。

我堂蘭の興味は、その一点だけにあった。

「ただ……ままならない。わたしの副産物は、わたしより、ずっとかしこい。だからわたしの言う通りになんかならないし、わたしの愚かさをつきつけてくるばっかりだ」

この千年、創世にもっとも近い能力を振るい続けた少女は、寂しそうに微笑む。

三原色の魔導兵。

我堂の無意識が生んだ偶然の産物。自分たちの意思を持って動き出した彼女たちは、とうとう、我堂に先んじて自分たちの世界を作り出した。

「まったく、忌々しいよね」

ここまでの会話で、一つ、気になったことがある。

「あなたには、元々は三つの人格があったって聞いたわ」

「そうだったっけ……そうだったような？」

「一つには、もう会ったわ。ずっと、あなたの使う純粋概念の記憶の代用をしている」

「うん。そうだった。あんまり人に来てほしくなかったからね。モノリスを中心にして『絡繰り世』の外殻を自動生成するように設計して、あのファンタジー世界の管理を任せたんだ。……ああ、そうか、あの試作のファンタジー世界を抜けてきたんだ、君は。恥ずかしいな。あれも千年前の作品だから、あんまり出来がよくないだろ」

「もう一つは、どこに行ったの？」

問いかけながらも、我堂の分裂した精神の一つがどこに行ったのか、メノウはほとんど確信していた。

廼乃と関わりがある。『絡繰り世』から逃げ出した。そして、この世界の人間に定着している。その条件を揃えて、千年の時を活動している存在。

「あいつは、なんとなく覚えてる……廼乃とね、仲が悪かったんだ。たぶん、生き様が合わなかったんだろうな。いじましい片方と違って、汚く生きる人格だから」

「やっぱり……【防人】は、あなたなのね」

千年前からのハクアの協力者、【使徒：防人】は肉体も魂も失って漂う、我堂蘭の三つある人格の最後の一つだ。

「うん、そうだ。そうだった。廼乃はアレを嫌ったけど、わたしはそんなに嫌いじゃない。元はわたしの人格だしね。そう、そうだ！　わたしの理想像が人格になった子だった。よくも悪くも、他人へ干渉して強制ができるようになりたいっていう願望が形になったのが、あの人格だったけど、へえ……まだ生きてるんだ。精神の切れ端が、頑張ってる。【憑依】でも使ってるの？　あれだけ持ってかれたんだよ」

「あなた、どうして自分の肉体を記憶の貯蔵と代用にしてるの？　純粋概念の記憶の消費には、ここの施設で対応できるでしょう？」

「え？　ああ……それは、うん。つなぎっぱなしだっただけだよ。惰性だね」

　ここにいる我堂は自分の肉体がどれだけの苦痛にさらされていたのか、一切顧みることなく残酷な事実を告げる。

「この魂の世界だと、最初の内は肉体との接続が重要だったんだ。導力の世界でここを拠点としてつくるまでは必要だったし……でも二度と物質世界に戻る気はないし、接続は切るか。あの子には、もう自由にしてくれって伝えてくれ」

「あなたは……」

　あまりに身勝手な我堂の言動に、メノウの眉根が下がる。

「間違いなく、人災（ヒューマン・エラー）ね」

「わたしが？　まさか。わたしは記憶の問題を完全に克服してるよ」

「違うわよ。そういう意味じゃないわ」

　他の暴走した純粋概念の人災（ヒューマン・エラー）とは違う。

　彼女はある意味で、この世界にもっとも影響を及ぼし続けている人間だ。メノウが見てきた異世界人の中でも、一番『人災（ヒューマン・エラー）』という称号にふさわしい。

「そうかな。いや、そうかも？　でもね、この世界の神様は合理的で危機管理がしっかりしている。実際、【器】と【魔】の出現は同時だった。これに作為を感じないか?」

もはやメノウの目を見ることすらせず、我堂はほとんど独り言のように呟く。

「摩耶がいなきゃ、この世界はわたしの玩具だった」

背筋が泡立つ一言だった。

「そういう意味だと、白亜も邪魔なんだ。彼女の純粋概念は、物質世界ごと世界を真っ白にしてしまう。……ああ、そうだった。だから廼乃と約束をしたんだ」

不意に廼乃の名前を出した我堂が、メノウに目を向ける。

「じゃあ、ちゃんと君を物質世界に帰さないといけないか。戻ったらさっさと白亜を連れ去ってくれ。君が死んでもいいし、白亜が死んでも構わないから。とにかく、白上白亜という存在は、この世界にいないほうがいい」

どこまでも自己都合だけを押し付ける。

「参考までに聞きたいんだけど」

メノウが来た目的は異世界送還陣の起動キーを手に入れるためだが、せっかくだ。異世界送還陣をつくれるほどの人物の知見を借りられる機会にと質問を投げかける。

「私は、異世界召喚を、もう二度と起こさないようにしたいと思ってる」

「へえ。いいんじゃないか」

「同意してもらえて嬉しいわ。召喚現象を止めるのは可能だと踏んでいるけど……それは、星の経路をねじ曲げることでもあるわ。物質世界に悪影響が出ないか、あなたの判断を聞きたいの」

「……これは、千年調べて得たわたしの所見だけどな」

　我堂は透明な床に視線を落とした。

「創世の頃、世界にはなにもなかった。物質も、精神も、魂も。ただただ、なにもない空間だ。【力】はあれど、それを振るう意思も、体もなかった。導力が偏在しているだけの虚無だ。つまり、ここが世界だった」

　ふっと顔を上げる。

「さて、問題だ。なにもない世界になにかを発生させるには、どうすればいい？」

「……よそから、持ってくる」

「正解」

　メノウがいまの世界の現状を踏まえた答えを返すと、我堂があっさりと頷く。

「手抜きだよな。でも、それこそが、この世界に異世界召喚現象がある理由だ。よその世界から概念を持ち込む。日本から召喚した人物がここを通過する際に、導力は定義された概念を実現するために物質の構築を始めた。あの世界は、よそから召喚して引き込んだものによって生まれた、魔導現象なんだ」

「あなたは、この世界は誰かが作ってると考えているの？」

「思っている」

世界の仕組みに誰よりも近づいた人物が肯定する。

「わたしは、創世論者だ。だって不完全でも、わたしでも世界を作れたんだから。少し上等なだけの不完全なわたしたちの世界くらい、誰かが作れるに決まっている。わたしの元の世界もこの世界も、きっと誰かのつくりものだよ」

証明するものはないが、この上ない説得力だ。

「異世界召喚という魔導は、創世期にだけ必要だったシステムだ。おおかたの概念を召喚して実現したこの世界には、もう必要がない。世界を作るために必要だった名残がしぶとく動いている現象でしかないいんだよ」

千年生きた彼女が、再び【力】の分析に戻る。果てしない、無限にも思える導力の海を解析するために没頭する。

ようやく、メノウは気がつく。

メノウがここに来てから、ずっと感じていた導力の流れ。

それは物質世界の裏側にある魂の世界を構成するものではない。我堂が展開している、この空間を分析する魔導だ。

メノウが星の根源だと誤解するほど信じられない規模で広がっているこの我堂の魔導でも、まだ足りないのだ。

世界の根源を、読み解くには。

彼女はずっと、ここにいるのだろう。千の十倍、万を重ねて億年に至り、それらを乗算しても足りないとばかり、数の単位が無意味になるほど、ずっと。

千年などという年月は一瞬に感じるほど、没頭し続けるに違いない。

そうしていつか、彼女は彼女の世界を創るのだ。

「なあ」

不意に我堂がメノウへと質問を投げかける。

「廼乃は、笑ってたか？」

思わぬ質問に、虚を突かれる。

「……ええ。最初から、最後まで」

「そうか。なら、よかった」

答えを聞き遂げると、メノウの周囲の空間が砕けていく。用が済んだのならば帰れということなのだ。我堂はもうメノウを見ることもしなかった。

そんな彼女に、メノウは最後に一言だけ。

「じゃあね、神様の見習いさん」

聞かれていないだろう別れを告げた。

五章　情動

肉体に戻ったメノウが最初に感じたのは、とてつもない圧迫感だった。

意識が覚醒すると同時に、精神をこねくり回されて体という入れ物にぎゅうぎゅうに詰め込まれた。地面に生き埋めにされたかのような息苦しさに、精神が震えて怯える。

ゆっくりと、呼吸を再開した。

心臓は脈打ち、内臓も機能している。処刑人という職業柄、自分の体を動かすことには慣れていたはずだが、改めて肉体というものの複雑さと濃密さに驚かされた。

精神と魂が離脱した副作用だ。いま思うと、導力の世界にいた状態のメノウはとんでもなく単純な構造をしていた。単一の要素である魂に、精神の情報が引っ付いていただけだった。

そこから肉体という怪奇な構造物に戻ってしまったため、混乱しているのだ。少しずつ、手足が意識できるようになってきた。全身の血の巡りを感じるにつれて、自分の体への愛しさが湧いてくる。

ああ、生きている。

自分の生を実感したメノウは、ゆっくりと目を開いて起き上がる。

目がかすんでいるのか、周囲の風景がぼやけて見えた。徐々にピントが合わさっていく。

「……メノウ?」

耳に、声が届いた。

マヤだ。幼い顔に、ひどく疲れた様子を浮かべていた。

「……本当に戻ってきた」

続いて呟いたのは我堂だ。あちらの世界にいた超然とした我堂ではなく、人の視線に怯える肉体の我堂である。

マヤが、へなぁっと崩れ落ちる。

「よかった……本当に、よかったぁ」

「……なにかあったの?」

「……メノウの心臓、止まってた」

「え」

「息もしてなかったし、肌、冷たくなるし……我堂から『幽体離脱の症状』って聞いてなかったら、絶対に死んだと思ったわよぉ」

「そ、そんなことになってたのね……」

ぽろぽろと泣きだしたマヤを慰めながら、自分の精神と魂が離脱している内に、肉体が死んでいたと聞かされたメノウが少し青ざめる。

「……マヤには、感謝したほうがいい」

我堂が、そっとメノウに耳打ちする。

「……マヤは、ここでずっと、あなたの精神と魂が形を保てるように【魔】の純粋概念を使っていた」

「わかってるわ。マヤ。改めて、ありがとうね」

メノウが導力の海で自分を保てたのは、意思が強いからでも偶然生き延びたからでもない。マヤの助力があったからこそだ。あの世界にあったメノウの影は、マヤがメノウの形を保つためにつなげてくれたものだった。マヤがメノウの影を保たなければ、メノウは自分の形を意識することもできなかったはずだ。

「……それと。あなたのおかげで、私は、我堂の代用から解放された。ありがとう」

ぺこりと頭を下げる。

すでに本人格の我堂は、記憶の消費の問題を自分一人で解決していた。肉体を使い続けていたのは、惰性と名残でしかなかったのだ。メノウがそれを指摘することで、千年、記憶の分裂と増殖にさらされ続けた我堂の肉体は解放された。

「あんまりに自分勝手だったからね、あっちの我堂は」

「……うん。知ってる。それと――外の状況も、変わってる」

ぼそぼそと我堂が告げる。

「……『絡繰り世』が消えた。アビリティ・コントロールが身を賭した」

「アビィが?」

「……うん。彼女は、彼女の目的に殉じて、願いを叶えた」

メノウとマヤは黙り込む。アビィがいなくなった。それを聞かされても、実感は湧かない。

「……モノリスの支配権だけは私に残ってるから……外に、出る?」

我堂の提案に、メノウは頷いた。

モノリスから外に出ると、見覚えのない風景になっていた。

念のため、マヤを置いて一人でモノリスから出たメノウは周辺を確認する。

岩と土ばかりが広がる荒野に、ハクアが千年前に作った白夜の結界だけが残っている。白夜の結界の内部ということは『絡繰り世』があった場所のはずだが、あれほどに満ちていた原色は、すっかり消えていた。

メノウたちが拠点としていたはずの学校も消えている。アビィが補修した環境制御塔だけが、虚しく放置されていた。

千年の時を重ねて膨張した『絡繰り世』は、この世界から消え去ったのだ。

「驚いたな」

メノウの背後から、声が響いた。

「『絡繰り世』を破壊するのではなく、新しい世界をつくって移動させるとは」

おそらく、『絡繰り世』の跡地で唯一残った環境制御塔の様子を見に来ていたのだろう。単身でいるミシェルがメノウと視線を合わせる。

「……これも、お前の計画か、『陽炎の後継（フレアート）』」

「……いいえ。廼乃（のの）の企みじゃないかしら」

「ああ、なるほど。廼乃さまか。あの方なら、千年越しの企みも達成させるか。私などとは、人としてのものが違うからな」

そう言って、彼女はどこか寂しげに口元を歪めた。間違いなくミシェルなのだが、少し前までとは様子が違う。メノウへの敵意が薄く、振る舞いもどことなく達観している。

「どうしたの？　いままでと、少し違うじゃない」

「ん？　ああ……少しばかり、昔のことを思い出してな」

過去を再現するアビィの魔導を受けたことで、ミシェルは空白だった自分の過去を埋めていた。一つ前の自分である、エルカミだった時代だけではない。

千年に及ぶ彼女の人生だ。

自分の時間を取り戻した彼女は、老成した笑みを浮かべる。

「魔導兵も、面倒な攻撃をしてくれたものだ。昔を思い出させてくれるとはな」

アビィが構築した精神攻撃は、ミシェルにダメージを負わせるのが目的ではない。ミシェルの人生を彼女自身に思い出させるものだった。

すべてを思い出した彼女ならば、ハクアに従う理由がなくなると踏んでいたからだ。

「長く生きるのは害悪、か。もっともだな。私の人生は、無駄だった」

千年という月日を過ごした人物が、述懐する。

アビィの目論見（もくろみ）は成功している。いまのミシェルにはハクアに従う気持ちがこれっぽっちも残っていない。

ただ誤算だったのは、ハクアに従わなくてもメノウと戦う理由がミシェルにはあるということだ。

「お前は、どうだった。シラカミ・ハクアの複製体」

「有意義な人生にするために、いま、生きてるの」

異世界送還陣の起動方法は理解した。環境制御塔の中で、教典魔導の全文を発動させればいい。ただそれだけで、ハクアを異世界に叩（たた）き返すことができる。

「……そうか。悪くない生きざまだ」

ミシェルが腕組みを解く。地面に刺していた大剣を掴み、引き抜いた。

「少し歩くか」

「……そうね」

ここから移動することに異論はなかった。モノリスの中にはマヤと我堂がいる。ミシェルとの戦闘に、彼女たちを巻き込むわけにはいかない。それにここで戦えば、『星骸』に干渉するための環境制御塔が壊れてしまう。

移動を提案したミシェルも、マヤたちや環境制御塔を巻き込む気はないのだ。

「ハクアにいいようにされていることは思い出したんでしょう？　私たちに協力するっていう選択肢はないの？」

「論外だ。お前自身が、ハクアの計画の一部だろう？」

ミシェルの指摘に苦笑する。

彼女の言う通りメノウは、ハクアがアカリと一緒に異世界に帰るために生み出した素体だ。魂レベルでの相互導力接続によって導力的にアカリと同一になったメノウの体をハクアが乗っ取り、異世界送還陣を起動させることで、二人同時に日本へ帰る。

それが、すでに妄執（もうしゅう）となってしまったハクアの願いだ。

「安心しろ。お前がここで負けても、私がハクアに引導を渡す」

「……どうせ負けるわよ、あなたは」

いまの言葉に挑発の意志はない。ミシェルがハクアと戦った場合の、メノウなりの予測と根拠を告げる。

「人がいいもの。だから知り合いを殺そうとする時、手が止まるのよ」

「……ああ、だからか」

幾度となくハクアに記憶を消されていたミシェルは、自分の敗因を知って口元を綻(ほころ)ばせる。

ミシェルは、戦闘力という一点ではハクアに劣っていないという自覚があった。それでもハクアに付いていけなくなった時、一方的に記憶を消され続けた理由として、非常に納得いくものだった。

「では、私に勝ってみろ、『陽炎の後継(フレアート)』」

ミシェルが断罪剣を手に取る。

「ありがたいことに、お前は私の知り合いではない」

だからこそ敗北の理由はないと、ミシェルは大剣を構えた。

勝負の始まりに、合図はなかった。

なんの前触れもなくメノウが突っ込んだ。切っ先を閃かせる短剣を迎え撃つミシェルが、大剣を振るった。

剣戟の火花が散った。

一秒に三回の切り合う金属音。ほとんどつながって響く甲高い音が秒数を重ねて続く。互いに導力強化の燐光を纏ったメノウとミシェルが、殺意の刃を音にして周囲に鳴らす。

息の詰まる濃密な刃の嵐。二本の短剣の速度に、一本の大剣が追いついてさばき切る。

五秒目で、メノウの右腕が切り飛ばされた。懐に入ってさえしまえば、大剣を武器とするミシェルに優位を取れるはずが、予想以上に繊細苛烈な剣技で迎撃された。接近戦での差は、メノウの想定を上回っていた。

仕切り直すつもりでメノウが下がった半歩を、ミシェルの一歩が踏み潰した。

前動作を殺した回避のできない速度での打ち下ろし。それを短剣で受けとめようとしたのが、悪手だった。

メノウの防御ごと、ミシェルの大剣が押し倒した。

とても受けられない力だ。メノウの体ごと地面に叩きつけられる。右腕がないせいで受け身をとれない。圧倒的な力に打ち据えられた衝撃に、メノウの顔が苦悶に歪む。

ダメ押しと言わんばかりに、ミシェルが大剣に導力を流した。

『導力：接続――断罪剣・紋章――発動【圧縮】』

メノウの周囲の地面がミシェルの大剣を中心に圧縮されて、寄り集まった。

体を押し潰そうとする岩石に、身動きが取れなくなる。そこに、ミシェルの拳が叩きつけられた。

強烈なミシェルの拳は、身動きできないメノウの体を打ち抜き致命傷を与える。普通ならば、間違いなく勝敗を決する一撃だ。

ミシェルとメノウ。

真正面から戦った実力差が、これだ。

「立て。貴様もわかっているだろう」

だが、まだ終わっていないことはミシェルも重々承知していた。

巻き上がった土煙の中で、導力光が輝く。

『導力：接続――不正定着・純粋概念【時】――発動【回帰】』

純粋概念の魔導【回帰】によって、メノウは死の淵から蘇る。

ミシェルの拳打による致命傷はもちろん、切り落とされた右腕から服の汚れまで、メノウの死にまつわる時間をなかったことにした。

『導力：接続――短剣銃・紋章――発動【導枝：銃身】』

短剣から発生した導力の枝によって、銃身が形成される。

メノウは光り輝く銃口を、ミシェルへと向けた。

『導力：接続――不正定着・純粋概念【時】――発動【加速】』

出し惜しみはしなかった。

もはや何倍かもわからないほど加速をした弾丸が、轟音を立てて撃ち放たれる。抑えきれない反動にメノウの両腕が跳ね上がる。

概念的な加速の限界を突破した弾丸は、時間を置き去りに空気を砕いて距離を消し去った。

ミシェルが大剣を振るった。彼女の身の丈ほどもある断罪剣の刃が【加速】を付与した弾丸を叩き斬る。

空中に火花が散る。真っ二つになった弾丸がミシェルの背後で着弾してクレーターを穿つ。落雷がごとき神速の一閃は、メノウが放った加速弾の速度を超越していた。人間に——物理的に可能なのかと疑問符が付くほどの動きは、もはや超常現象の一種だ。

刃風が衝撃波となって波打ち大気を揺らした。一振りの余波が、間合いの遥か外にいるメノウの体を圧迫する。理外の剣を前に、唇を引き締める。

戦闘に入ってから、ミシェルの一挙手一投足は並外れている。

これが、あらゆる純粋概念の中でも最大最速と謳われた【龍】を模倣した、人体実験の成功者。魂から発生する圧倒的な導力で、【時】の純粋概念を扱うメノウを優越していた。

導力強化の到達点ともいえる超人を目撃しながら、メノウの瞳から戦意は失せない。ミシェルが強いことなどわかりきっている。アカリとの導力接続でメノウも扱える導力量は跳ね上がっているが、ミシェルには及んでいない。だがなにも、正面で打ち合うばかりが戦いではない。

メノウの姿がかき消えた。

導力迷彩。

病的なまでに導力操作を極め、導力光を調整することで視界を完全に欺く技術だ。潜入、戦闘、あるいは日常ですら、おおよその場面でも役に立つ汎用性を誇りながらも、魔導ではなく導力操作技術であるがゆえに、道具もなく使用できるという破格の技能だ。

風景と同化したメノウは完全に気配を絶った。処刑人に至るまでの訓練で音を漏らさず移動する術は完璧に身につけている。

正面戦闘での暗殺。

矛盾した戦法を可能とするメノウの隠密を前に、ミシェルが大剣を持つ右手を強く握る。

彼女は消えたメノウの気配を探ることなどしなかった。

大剣に導力を、流す。

紋章魔導の発動のために、ではない。

ただ、流す。彼女の莫大な導力を一本の剣の中に流入し、圧縮し、凝縮し、本来の性質を転換させるほど暴力的に一本の剣に押し込める。

姿を消したままミシェルの背後に回ったメノウが、刃を振るおうとした時だ。

ミシェルが、大剣を地面に突き刺した。

大地が爆発した。切先のない断罪剣が地面に突き立てられた瞬間、ミシェルから流れ込んで内包していた大量の導力が解放され、衝撃波となって広がった。

平地に、土砂の津波が発生する。

大剣を突き刺したミシェルを中心にして大地が捲れ上がり、全方位への無体な質量攻撃となる。

だがメノウにとって土砂以上に恐ろしいのが、導力の波だった。あまりにも強烈な導力の波紋が、メノウの体を突き抜ける。魔導的にはなんの指向性も与えられていないが、ミシェルから生まれた導力である。

人間は、他人の導力が流入すると拒絶反応を起こす。魂すら揺さぶり、精神を乱し、肉体を震わせて導力操作を誤らせる。

メノウの導力迷彩が剝がされた。たまらず姿を現したメノウを、ミシェルは完璧に捉えた。

『導力：接続――断罪剣・紋章――二重発動【水流・圧縮】』

紋章魔導によって大剣から放たれた流水の一閃が、メノウを唐竹割りにした。

静と動の完璧な切り替わり。膨大な出力による破壊と力に溺れることのない繊細な技術が組み合わさったミシェルは、奇跡の戦闘技術を誇る超人だ。

「ちっ」

完璧に見えた自分の斬撃の結果に、ミシェルは舌打ちを飛ばした。

メノウの姿を投影した【導枝】が砕けて消えた。短剣銃から伸ばした【導枝】に導力迷彩を投影することで、囮を作ったのだ。ミシェルの知覚を欺いたのはもちろん、なにより驚嘆すべきは、あの導力の波の中でも自分の導力迷彩を維持しきったことである。

豊富な導力と繊細な導力技術。

その二つを持っているのは、いまのメノウも同じだ。

ミシェルの死角で銃を構えたメノウは、静かに引き金をひく。

『導力：接続――不正定着・純粋概念【時】――発動【風化】』

導力強化をしたミシェルは、並の攻撃では傷つけることもできない。だが、【時】の魔導を前にすれば物体の強弱など意味をなさない。メノウが構える銃口から放たれた魔導をとっさに受け止めたミシェルの右腕が、時間の重みにさらされ崩れていく。

ミシェルは躊躇（ためら）わずに自分の腕を切り落とした。

落ちた右腕が、塵に還る。

明確なチャンスに見えるが、メノウは追撃しなかった。

通常ならば勝利を決定づけるほどの傷だが、いまのメノウにとって致命傷が【回帰】で巻き戻されるように、ミシェルにとっても肉体の欠損は大きな問題ではない。

ミシェルのなくなった右腕の輪郭を、導力光が形作る。世界が彼女の強烈な形を記憶しているかのように、失った肉体が元通りになる。

「わかるだろう。導力強化を極めすぎるとな、星のほうが私の形を覚えてしまうんだよ」

おそらく、とメノウは目の前の現象の理屈を考察する。

メノウも訪れた、魂の世界。ミシェルの強すぎる導力強化は、物質世界から魂の世界にまで干渉して、【ミシェル】という魔導現象を引き起こして彼女の肉体を維持しているのだ。

「お前も、私も、まともには死ねない身だ」

ここまでの戦いは、いまから始まる戦闘の前哨戦でしかない。

【龍】の模倣であるミシェルと、【時】の純粋概念を扱うメノウ。

この二人の戦いの本質は、肉体の傷つけ合いではない。

純粋概念の代償であるメノウの記憶と、不死性を支えるミシェルの導力。

どちらが先に尽きるかを争う、削り合いだ。

「泥試合を、覚悟しろよ」

これから始まる試合模様を宣言したミシェルが、導力強化の出力を高める。

彼女を覆う導力光が嵩を増していく。いままでですら正面戦闘ではメノウを圧倒し続けていたというのに、まだ上があるのだ。

ミシェルの全身を覆う導力光が、ゆったりと、しかし着実に出力を高めていく。

メノウが人体の限界だと思った境界を突破しても、まだ。

物理的にあり得るのかと驚嘆するほどの存在強度を超えても、まだ。

魂の世界を経験したメノウが青ざめても、まだ。

まだまだ、さらに、まだ。

ミシェルという存在が、導力によって強化されていく。肉体の強度が上がるにつれて、ミシェルの存在が拡張していく。

「見ろ」

殷々と、ミシェルの声が周囲に響く。

導力によって強化された声帯が、ただの発声すら恐ろしく威厳のある声へと変貌させていた。

「これが、導力強化の行き着く先だ」

メノウは、呆然と相手を仰ぐ。

ミシェルの姿形は変わっていない。あくまで導力強化を高めたのであって、肉体的な変容は一切起こっていない。

だというのに、あまりにも巨大に感じた。

導力強化によって天井知らずに引き上げられた相手の存在感に、無意識のうちに気圧されたメノウが、思わず半歩、踵を後退させる。

ミシェルが、軽く手を払った。

それだけで、メノウの右胸が吹き飛ばされた。

「え?」

なにが起こったか、理解が追いつかなかった。

メノウとミシェルの間には、十歩分以上の間合いがある。ミシェルがなにかを投擲したわけでも、魔導によって遠距離の攻撃をしたわけでもない。彼女は正真正銘、メノウから離れた場所で、虫でも払うような動作をしただけだ。

ミシェルを覆う多量の導力光が彼女の動きに連動し、物質的な衝撃をともなってメノウの体を欠損させた。

「これ、は……」

強い驚愕とは裏腹に、弱々しい声が漏れ出る。肉体の生命維持機能に必要な部位がごっそりとなくなり、メノウの意識が遠ざかる。

過剰な導力強化の結果、世界がミシェルの存在を誤認して彼女が干渉できる範囲が広がったのだ。世界が誤認したミシェルの大きさの輪郭を導力光がかたどり、魔導を使っているわけでもないのに彼女の動作に連動して増幅された物理現象を引き起こしている。

『導力：接続――不正定着・純粋概念【時】――発動【回帰】』

生命を失って、自動発動した回帰がメノウの命をつなぐ。

「冗談じゃ、ないわ……！」

意識を取り戻したメノウの口から悪態が出た。

強いということは知っていた。最大限、警戒はしていた。目一杯を想定して戦っていた。

ミシェルは、そんなメノウの想定をやすやすと超えた。

ミシェルの強さを見誤った。立ち上がったメノウは大きく背後に飛びのく。とにかく距離を取ろうとするメノウの動きに対して、ミシェルが一歩足を踏み出す。

「――っ！」

ミシェルの動きに連動して、上から下へ、質量を持った導力光が落ちてきた。

大地が抉（えぐ）れた。ついでとばかりに、メノウは踏みつぶされて四散した。視界を覆う土煙が巻き起こる中、再びメノウが【回帰】する。

なんの糸口をつかむこともなく、二度も死んだ。

もはや勝負にすらなっていない。ミシェルは、ただ歩いただけである。それだけで、メノウがあっさり殺された。

なるほど、こんな力を街中で解放するわけにはいかないだろう。いまのミシェルは子供が砂の城を崩すように、あっさりと街を一つ壊滅させることができてしまう。

これが【龍】の純粋概念を模倣した、人間兵器の真骨頂。

「この程度か、『陽炎の後継（フレアート）』」

ミシェルの声が轟（とどろ）く。さほど力を込めたとも思えない発声が大気を打ち据え、導力強化をしているメノウの肌をびりびりと震わせる。もはや人間を相手にしているとは思えない。ミシェルは怪物的な存在へと成り上がっていた。

一縷（いちる）の望みがあるとすれば、【時】の純粋概念だ。

『導力：接続——不正定着・純粋概念【時】——発動【加速】』

メノウがすさまじい速度でミシェルに接近する。音速を超えてメノウ一人が静止した世界を動いているかのような速度域。もしも相手がただの神官ならば、目で捉えることも不可能だ。

ミシェルは、あっさり追随した。

メノウが神速で突き出した手首を摑（つか）んで骨ごと握（にぎ）り潰し、無造作に放った前蹴（げ）りが情け容赦なく胴体に風穴を開ける。

メノウの口から、信じられない量の血がこぼれ出た。再生を待つまでもなくミシェルが頭蓋へと手を伸ばすが、メノウも、ただでやられたわけではない。

【加速】した速度に対応される可能性は念頭にあった。

「ぼかんっ」

メノウが爆発の擬音を呟くと同時に、死角に入り込んだ短剣の紋章魔導が起動する。

『導力：接続――短剣・紋章――発動【疾風】』

メノウが発した声に一瞬だけ気を取られたミシェルの背後から、噴出する風を推進力にして爆発的な勢いで襲いかかる。

同時にメノウは、指鉄砲をミシェルに向けていた。

『導力：接続――不正定着・純粋概念【時】――発動【風化】』

急所狙(ねら)いの物理攻撃と、当たれば致命傷不可避の時間魔導。

種類の違う二つで挟み込んだ攻撃で、ミシェルに一矢(いっし)報いる――ことは、できなかった。

ミシェルはどちらも回避しなかった。

短剣はミシェルの肌に触れたが、薄皮一枚貫くことなく弾かれる。【風化】の魔導に至っては、直撃したはずが効果を見せなかった。ミシェルの肉体から漏(も)れ出して彼女を覆う導力に、【時】の魔導を構成する導力が削り殺され効力を失ったのだ。

理不尽な結果に、メノウは愕然と目を見開く。その顔面を、ミシェルの拳が木っ端みじんに破砕する。

圧倒的な強さだ。

純粋概念を、人の身で退けている。メノウの死をなかったことにしようと、【回帰】の魔導が発動して肉体が巻き戻る。

「……」

万全の状態に戻ったメノウは、呆然と自分の体を見下ろす。

時間を巻き戻したメノウの体には、傷一つない。服の汚れすらも落ちている。体力も万全だ。

再生して、だからどうするのか。

勝ち筋が、まったく見えなかった。

「いいぞ。純粋概念を使い続けろ」

遠くで腕を伸ばしたミシェルが、手のひらを握る。呼応して収束した質量を伴う導力光に、反応が遅れたメノウの全身が容赦なく潰される。

再び【回帰】が発動する。もはや無意味に思えるというのに、メノウの死を許さず記憶を蝕み肉体を生きながらえさせる。

「記憶を失え。人災になれ」

まったく、攻撃が通らない。そのくせ相手の所作は、すべて必殺。

物理攻撃を弾くのはわかるが、純粋概念の魔導まで問答無用でねじ伏せるのは予想外だ。もはやメノウにはミシェルに通じる手段が、なにもなかった。

だというのに、【回帰】はメノウに敗北を許さず、何度でもミシェルの前に命を突き出す。

「そうして現れる【時】を壊して、シラカミ・ハクアの目的を潰えさせてくれる」

徐々に、メノウがメノウでなくなる。短時間で連続した死に、五感が麻痺して意識が遠のく。【回帰】を繰り返しすぎて記憶が削れていく。メノウの自我があいまいになるにつれて、クリーム色の髪が黒ずんでいく。

「……っ」

『導力：接続——不正定着・純粋概念【時】——発動【停止・転移・断裂】』

次の瞬間に起こったことは、その場の誰もが認識できなかった。

まず、ミシェルの攻撃を防いだのだ。ほぼ同時に【転移】でミシェルが振り下した拳がなにもない空間で阻まれた。【停止】で固めた空気でミシェルを上空に飛ばして、空間切断によって彼女を両断した。

黒と白が混ざりあったメノウが。

純粋概念の三重発動。しかもそのうち二つは、メノウには通常空間ではどうしても行使することができなかった、時間概念から派生した空間魔導だ。

『導力：接続——短剣銃・紋章——発動【導枝：銃身】』

メノウの腕を覆うようにして、導枝の砲身が形成される。ハクアの分体を砕いた時よりもさらに巨大な砲口を持ち上げる。

狙いは、空中に投げ出されながらも早くも再生しつつあったミシェルだ。

『導力：接続――不正定着・純粋概念【時】――発動【加速】』

メノウの腕から放たれた砲弾が、ミシェルを弾き飛ばした。

メノウが行使していた【時】などしょせんは不完全な切れ端だと言わんばかりの時間加速。物理限界を超えた砲弾は空気を燃やしてプラズマをまき散らし、反動で地響きを引き起こして地盤を一段沈下させる。

「――ははっ、それでこそだ！」

戦闘らしい戦闘の高揚に、ミシェルが笑った。加速した砲弾に半身を吹き飛ばされながらも、彼女の導力はいささかも損なわれていない。ミシェルという名の【龍】の模型を定義づける圧倒的な導力に世界が従い、欠損した肉体を形成させる。

着地したミシェルが大地を蹴った。本領を発揮した彼女にとって、地面という足場はあまりに脆い。砕けて地割れが広がる。構わず踏み込み、大地を揺らす震脚で拳を振るう。

「ッづ！」

「はッ！」

二人の拳が至近距離で交錯する。お互い殴りつける度に肉体が弾けて、すぐに体を再生させる導力の残滓（ざんし）が血よりも鮮烈に飛び散って光輝く。

　その光景を、メノウは映画のスクリーンでも見るかのように第三者視点でぼんやりと眺めていた。

　戦いは激化の一途をたどった。少しずつ髪を黒くするメノウが放つ砲撃が地面に大穴を穿つ。ミシェルが振るう刃が大地を砕き、土砂を圧縮させる。もし二人の戦いを見る者がいても、人間同士が争っているとは思えないだろう。

　互いに地形を変える攻防のさなか、ミシェルの攻撃がメノウのこめかみを捉えた。

　地面が陥没する勢いで埋まったメノウを、ミシェルが追撃する。

　殴る。

　殴る。

　抵抗も、逃亡も、回帰による再生すら追いつかない勢いで、メノウを殴打する。

「がぁああああ！」

　血まみれの拳を振り上げ、ミシェルが獣じみた咆哮（ほうこう）を上げる。拳を撃ち落とす度に、爆撃もかくやという衝撃に大地がたわむ。

　これで、終わりか。メノウが心の中で呟く。

　挽回ができる場面ではない。記憶も尽きようとしている。純粋概念の魔導は通じない。人災（ヒューマン・エラー）になってすら、ミシェルに勝てるビジョンが浮かばない。

だが、メノウの体は動いた。彼女の中にいる誰かは、メノウが諦めるほどの猛攻を受けても、心を折らなかった。

「メノウちゃんを……」

メノウの体に宿りつつある黒い髪の少女が、わずかに残った指に導力を集中させる。

「メノウちゃんを、いじめるなぁあああああああああああああ！」

その絶叫に、メノウの意識が目を見開いた。

『導力：接続——不正定着・純粋概念【時】——発動【風化】』

周囲の地面一帯が、時の重みにさらされ砂と化した。思わぬ地形の変化にミシェルが足を取られる。

体勢を崩したミシェルの胸元に、メノウの足裏が突き刺さった。

予想外の反撃にミシェルが吹き飛ばされた。空中に浮いたミシェルに、黒髪のメノウは敵意をこめた視線を叩きつける。

乗っ取るのでもなく、【時】に準じるでもなく、彼女はただ、メノウを守ろうとしていた。

少しずつ、メノウの精神が取り戻されていく。メノウの体に定着するはずだった精神が、魂を削っている。彼女が削った分の余白に、メノウが存在する余地ができてしまっていた。

予定外の恐怖が、メノウの精神を貫いた。

「う、あああああああああああああ！」

　メノウは絶叫した。これ以上、一秒たりとも自分の肉体を彼女に任せてはおけなかった。そのままにしたら、彼女は自分の魂を完全に損なうまで戦い抜く。それがはっきりとわかった。

　そんなことをさせるために、メノウは自分を諦めたわけではない。

　消えかけた記憶の欠片（かけら）を、握りしめる。自分の意識を表に引きずり出す。

　メノウが握ったのは、短剣銃だった。大切な誰かが使っていた武器だった。誰だという記憶はないが、その誰かから叩き込まれた技術がメノウを動かした。

『導力：接続――不正定着・純粋概念【時】――発動【断裂：付与】』

　先ほど問答無用でミシェルを切り裂いた攻撃。より人災（ヒューマン・エラー）に近づいたメノウは、空間切断を短剣銃に付与する。

　メノウの短剣銃の刃が、ミシェルの心臓に突き刺さった。

　ミシェルが瞠目（どうもく）する。人災（ヒューマン・エラー）になりかけた人間が、自力で意識を取り戻した。そんな例は、ミシェルも知らない。

　だが、そんな程度の例外では、ミシェルに劣勢をもたらすことはできない。

「なめるなッ！」

　ミシェルは一喝する。

　響いた声に乗った導力が、物理的な衝撃を伴って相手を打ちすえる。メノウは真っ正面から叩きつけられた音の波に堪（こら）えきれず吹き飛ばされる。

開いた間合いに、ミシェルは大剣の刃をねじ込む。メノウが意識を取り戻そうと、戦況が反転するわけではない。たかが心臓に刃が突き刺さった程度、なんの阻害にもならない。

彼女には自負があった。望まずに得た力ではあるが、だからこそハクアに選ばれた【使徒(エルダー)】の中でもミシェルは群を抜いて強い。不死性はもっとも低いが、強さという点において、他とは一線を画している。

古代文明が技術の粋(すい)をもってして完成させた生物兵器が、彼女だ。

最大にして最速の純粋概念【龍】の模倣実験。

魔導技術が最盛期を迎えながら絶えず争っていた時代、人として最上の肉体を創りあげるために幾多もの犠牲者を積み上げて、ただ一人の成功作として生き残ったのが彼女だ。

ミシェルの潜在導力は、一つの都市の導力を丸ごと賄(まかな)えるほどだ。都市といっても、いまの時代の都ではない。古代文明時代の大都市を一つ、賄うことができるという膨大な量だ。

膨大な導力の運用が都市と違うのは、そのすべてを武力に使用できるという点にある。

ミシェルが潜り抜けてきた死線は、メノウの比ではない。この世界で誰よりも戦い続けてきた。ありあまる導力の暴力。過剰なまでの戦闘経験。戦いのためのすべてを備えた彼女は、並みいる純粋概念すらひねり潰して生きてきた。

どうせ、肉体は再生する。物質は、後で付いてくる。

この世界の本質は、導力だ。

物質ができる前に存在した、もっとも純粋なエネルギー。導力という【力】の世界に物質が付着して構成されている。星の源泉に満ちる導力が現在を綴り、世界の過去と未来が物質として紡がれていく。広大で遠大な魔導現象である世界で、誰よりも強い導力を持つミシェルは、まさしく最強の存在だ。

だから、負けるはずなどなかった。

『導力：接続』

紋章魔導の気配が、ミシェルの胸元から発生した。

ミシェルの視線が、自分の胸に落ちる。メノウの突き出した短剣銃が、深々と突き刺さっている。その短剣銃が、魔導発動の兆候を発している。

「は？」

困惑がミシェルの口から漏れる。メノウはこの短剣銃に触れていないはずだ。いくら卓越した魔導行使者でも、経路がなければ魔導発動は不可能である。

『（経由・導糸）――』

ミシェルに刺さった短剣銃には、きらきらと導力光をきらめかせる、極細の糸がついていた。

『短剣銃・紋章――』

【導糸】。

細い導力の糸が繋がった先には、メノウがいた。

『発動【導枝：ヤドリギの剣】』

驚愕に、ミシェルは目を見開いた。

「これ、は——!!」

紋章魔導が発動してしまった。攻撃のための魔導ではない。ミシェルの導力を吸って、急速に導力の枝が伸びていく。さっきまでのメノウならば、この攻撃の発想はなかった。あくまでも真正面からの削り合いをしていた。純粋概念を使って、ミシェルの導力と打ち合った。だというのに、急に自分の戦い方を思い出したかのように、ミシェルの意識の死角をついた。

メノウはこの紋章魔導で、ミシェルの導力を消費させるつもりだ。

とっさに胸元に手が伸びる。導力が尽きれば、ミシェルの不死性は失われる。最悪の事態を防ぐために、紋章魔導の媒体である短剣銃を壊す。そんなあまりにもわかりやすい動きは、メノウの読み通りだ。

ミシェルの胸元につながる【導糸】を持つメノウの腕が動く。ミシェルの腕に、極細の導力光が絡みつく。

導力強化をした自分が、この程度の糸を切れないはずがない。気にすら留めずにミシェルは、自分の導力を吸い上げる紋章魔導を破壊しようとする。

『導力：接続——不正定着・純粋概念【時】——発動【停止】』

ミシェルの動きに先んじて、メノウによって導力の糸に【停止】がかけられた。

純粋概念の魔導ですら、ミシェル本人には効果が薄かった。ならば【停止】を別の物体にかけて、時間的に停止した物体でミシェルの動きを絡めとる。

【時】の純粋概念によって導力の糸は世界から切り離され、まったく動かなくなる。【停止】した【導糸】はミシェルの全力すら、受け止める。だがそれでも、ミシェルをとどめておけるのは数秒だ。

「こん、な、ものでぇ……！」

拘束している導力の糸が、ぎしりと不吉な音を立てる。

時間と空間すら、いまのミシェルの肉体は破砕する。だがそれでも、数秒の時を稼げるのだ。

値千金の数秒だ。仕上げとばかりに、メノウは指鉄砲を突きつける。

『導力：接続――不正定着・純粋概念【時】――発動【加速】』

【加速】を撃ち込んだ先は、ミシェルの胸元で伸びる紋章魔導だった。

急激に導力の枝が伸びていく。さっきまでの比ではない。紋章魔導の効果すらも加速して、高く高く成長する。

「ぐぉっ⁉」

うめき声がミシェルの口から漏れ出る。

自分が、枯れていく。ミシェルを養分に、導力の樹木が枝を伸ばす。空を覆い、地上に根を張り、高々と幹を伸ばす。成長する導力の巨木に埋もれて、ミシェルは動けなくなる。

必死の抵抗もむなしく、ミシェルの存在を世界に拡張させていた導力がすさまじい速度で流出する。彼女を彼女たらしめていた【力】がなくなっていく。

【停止】した導力の糸に、あらがえなくなった。

ミシェルの、負けだ。

「ああ、くそっ……」

自分を養分にして巨大に成長する導力の樹木に押され、メノウの姿が遠のいていく。彼女も、決着を理解しているのだ。

自分を下したメノウの姿が、見えなくなる。

敗北を前にして、悔しさはなかった。ただ、後悔だけが浮かぶ。

ミシェル自身、自分でわかっていたことだ。メノウのような人間を敵にするために、ハクアの味方をしたわけではない。

ハクアならば、自分のような人間をなくしてくれると信じていたのだ。

千年。

人を壊すのに、あまりに十分すぎる時間だ。

千年という時を経て、白上白亜(しらかみはくあ)は、あんなものになってしまった。

助けを請われてしまった彼女は、伸ばされる手を拒むことができなかった。ハクアは徐々に変わっていった。彼女の純粋概念【白】は『受け取る』ことに特化していた。彼女の複製体であるメノウが、まがりなりにも【時】の純粋概念を扱えるのも無関係ではないだろう。

真っ白な純粋概念に他者の純粋概念を移すことができたのだ。

多くの人を助けるために、彼女は受け取り続けた。助けてという声に応え続けた。

潔白の精神が、変質して止まらなくなるほどに。

最初の一人を助けた瞬間から、ミシェルが望んだハクアは消え去ったのだ。

そして、ミシェルもハクアに縋って彼女の生き様を歪めた一人でしかないのだ。

「私が、止めるべきだったんだ……」

それが、ミシェルに残された最後の義務のはずだった。

だがメノウに負けてしまった。

久方ぶりの敗北に震えているうちに膨れ上がる導力が大気を荒らす。乱舞する導力光は現象としての圧力をまき散らしていた。ミシェルの導力を吸い取る樹木は、暴力的なまでの世界樹へと成長していく。

「……すごい導力量ね」

聞き覚えのある声がした。

敗北したミシェルの元に現れたのは、幼い少女だ。マヤである。彼女は、自分の傍に浮遊するモノリスに話しかける。

「これで、いいの？　うん、わかったわ。これだけの導力があれば、大丈夫なのね？」

浮遊するモノリスにはミシェルも覚えがある。あれは確か、我堂の『自室』だ。どうやらモノリスと意図の疎通ができているらしいマヤが、何度も念を押している。

「ま——さ、まに、が、ど……」

二人の名前を呼ぼうとして、口が動かなかった。だが言葉の切れ端がマヤの耳に届いたようだ。着物の裾をはためかせてしゃがんだ彼女が、ミシェルと目を合わせる。

「……うん。いまは、ミシェル、よね。あなたが悪い人じゃないのは知ってるけど——この導力は、あたしたちが、もらうわよ」

是非もない。ミシェルには抵抗できるだけの力も残っていないし、マヤの言葉に逆らう権利もない。導力の多量な流出に伴って、ミシェルの意識が遠ざかる。

「でも——龍之介と同じのミシェルに勝つなんて、メノウもすごいわね」

まったくもって、その通りだ。

マヤの称賛に賛同して、ミシェルは意識を手放した。


勝利と同時に、メノウは一人になった。

全身の力を抜いて、大きく息を吐く。メノウ自身、巨大に成長する導力の巨木に押されてミシェルのいる場所から距離ができてしまった。

それでも、ミシェルの現状を確認するまでもなく、メノウの勝ちだ。

導力樹が成長しきったのを見て、メノウは【導糸】をたぐって短剣銃を回収する。

薄氷の勝利だった。策を弄して、死力を尽くして、幸運を味方につけて負けてしかるべき勝負を覆(くつがえ)した。次に戦えば必ず自分が負けるだろう。その実感がある。

万に一つの勝利を得たのに、ぽっかりと心に穴が開いていた。

「……行かなきゃ」

メノウは思い出したように顔を上げる。

どこに？

胸に浮かんだ問いは置き去りにして、メノウは足を引きずって歩き出そうとして、おかしなことに気がついた。

なぜか、体が動かなかった。地面に足がへばりついたようだ。動こうとする意思と裏腹に、まるで力が入らない。

あれ、と力ない声が出た。

体に不調はない。動けるはずだ。

なのに、体が動かない。メノウは呆然と立ちすくむ。

まだなすべき義務のすべてが途上なのだ。

自分が持つ刃(やいば)をハクアの喉元(のどもと)に突き立てなければ、なにも変わらない。

自分に期待を寄せてくれたみんなのために、名前はもう思い出せないけれど、確かにいたはずの皆のために、メノウがハクアを倒してアカリを助けなければいけないというのに。

足が、止まっている。

「どうして……」

どうして自分は、普通の心など知ってしまったのだろうか。

不意に、現状とまるで関係ない疑念がぽこりと音を立てて胸中で泡立った。

人を殺してしまった罪深さを真に知ったのは、アカリと心をともにした時だ。本当の意味で普通の人生を知っているアカリの心を知ってから、メノウは弱くなった。

あの時は、隣にアカリがいた。

自分のすべてを伝え、相手のすべてを共有した。彼女が隣にいれば生きていけると本気で思っていた。

いまでも、思っている。

アカリさえ、隣にいればと。

でもいまは自分のことを救ってくれる人間なんて、一人もいない。

当たり前だ。救われていいわけがない。人を初めて殺した時に、思い知ったはずだ。

自分は救われない。

とっくの昔に知っていた救われない自分の未来を、どうしていま、直視できない。

「……っ」

知らず、メノウの喉元から嗚咽が漏れた。

胸から逆流する感情に涙腺が圧迫される。喉元から押し上げられた吐き気にも似た涙が風景を滲ませる。現実を拒絶する体の反応に、メノウの心が平衡感覚を失った。

「うあ……」

悲しさからの涙ではない。喪失を嘆いているわけでもない。

怖いのだ。

「あ、ぁ、うううう」

頬から流れた雫が地面を濡らす。

いまのメノウは、怖いから泣いている。夜中の暗闇が怖いと泣く子供のように涙している。本当ならば、この恐怖を乗り越える言葉があるはずだ。どんな闇も恐れることなどないと伝えてくれた人がいたはずだ。

――私を、超えろ。

そう言っていた人が誰なのか、もう、思い出せない。

とすん、と地べたに尻もちをつく。

「お願い……」

天を仰いで涙を地にこぼしながら、たった一言。

「誰か、私を……助けてよぉ」

メノウは、処刑人になってから初めて、誰かに自分の救いを求めた。

弱い言葉が虚空に溶けて消える。吐露した自分の弱さに愕然とする。

ずるい、と思った。

自分は、なんて卑怯な人間だろうか。

自分が誰かに助けてもらえないことを知っているくせに、救われたいだなんて願望を言葉にしてしまった。

自分の卑怯さに傷つけられて、どうしようもなくなって泣き続ける。

一人で泣くことを選んだメノウを慰める者などいない。

差し伸べられる手などないまま泣いて、どれだけ経ったのか。

「……うん」

一つ頷いて、立ち上がる。

メノウの表情は吹っ切れていた。

ようやく涙が尽きて枯れてくれた。心は治っていない。希望も救いも乾ききって、一時的に麻痺してなにも感じなくなっただけだ。

だからこそ、歩ける。

涙を拭って、泣いた形跡をなくす。必要とあらば導力迷彩を使って涙を隠す。

アカリと一緒に、生きたかった。

けれども、やっぱり、無理そうだ。

メノウの心は、メノウの願いを支えられるほど強くない。だから嘘と強がりで塗装して補強する。強い自分を演じ続ける。アカリを助けて、自分が消えるまでの一生、ずっと。

つまり、あと、ほんの少しだけだ。

終わりが見えているからこそ歩き出したメノウの前に、誰かが立ち塞がった。

「……誰？」

メノウの進む道を通せんぼしたのは、愛くるしい容貌の少女だった。

緩く癖がかった桜色の髪を二つ結びにしている。服装からして、きっと神官として真面目なタイプではないのだろう。藍色の裾にハートをあしらった改造は、一般的な神官なら眉をひそめるものだが、かわいらしい彼女によく似合っていた。

見たところ、せいぜい十代半ば。彼女の年齢で藍色の神官服を纏うのは並大抵の才能と実績では足りない。

メノウの問いを聞いても、少女は名乗ることなどしなかった。

その代わりに、翠色の目で真っ直ぐにメノウを見つめる。

「あなたを助けにきました」

名前も知らない少女は、メノウが求めてやまない言葉を言い放った。

モモの言葉の後に、わずかな沈黙が落ちた。

「ああ……ごめんね」

まずは謝罪の言葉を発したメノウが、形のよい眉を困らせる。

「私の知り合いだったのね」

栗毛のほとんどが黒く染まった彼女は、自分の記憶の欠損を隠そうともしなかった。

ずきりとモモの胸が痛む。いまのメノウが顔に張り付けるように浮かべている笑顔は、幼いあの日、モモが見た笑顔からかけ離れていた。

メノウが懐(ふところ)から手帳を取り出す。

ミシェルとの激闘を経た後だが、装備していたものは服や武器も含めて【回帰】の対象だったため破損はしていない。メノウが自分の記憶を記した手帳も無事だ。

ぱらぱらとめくって、問いかけた。

「サハラ？」

「違います」

「マヤ……にしては、年齢がちょっと違うわよね」

「はい」

「アビィのわけがないから……そっか」

順番に、いまの自分に声をかけてきそうな人物を選択肢から消していき、正解に辿(たど)り着く。

「あなたが、モモね」

　ようやく名前を呼ばれたモモは、メノウから初対面の態度を向けられた傷心を表に出すことはしなかった。

「私を助けるって、どういうこと」

「止めます。いまの先輩を」

「……助けてくれるんじゃないの？」

「先輩の目的のことは聞いていたんです。星崎廼乃（ほしざきのの）から」

「……おしゃべりね、そのノノってやつ」

「同感です」

「人の目的を吹聴するとか、自分勝手だわ」

　星型の導力光を瞳に浮かべた少女への悪口に、互いの口元を緩める。

　未来を知る純粋概念。

　都合のいい未来を得るため、都合のいいように人を動かした。明るい表情で口先を弄して、未来の情報を対価に心をそそのかし続けた。

　彼女の目的は、いまをもってしてもモモやメノウですらわからない。

　ほんの少しだけ弛緩（しかん）した空気のまま、メノウが問いかける。

「ミシェルに勝ったのよ、私」

「知ってます。見てました」

かたや純粋概念、かたや古代文明の傑作。

地形を変える怪物的な二人の戦いはメノウに軍配があがった。

古代文明期に生まれた最強の人間兵器。並の人災（ヒューマン・エラー）なら一刀両断できる彼女に欠点があるとすれば、あまりにも真っ当な人間であり続けたことだろう。

「ミシェルに勝った私のこと、止められると思う？」

「止めます」

モモははっきりと言い切る。

モモはずっと怒っていた。内心で猛り続ける怒りは常に自分へと向いていた。

聖地が崩壊してメノウと別離をした日以来、モモは己自身のことを許せなかった。

家族に捨てられて流れ着いた修道院で、幼いあの日、メノウの笑顔に救われた。自分が失った普通の代わりにメノウを信奉して、盲信した。生きる指針をメノウにして生きてきた。

だからあの時も、メノウの言うことを聞くことしかできなかった。

守るって決めたのに、ただただ慕って従うことしかしてこなかった。

心地よかった。メノウに優しくされるのは。優しくされるために、メノウの傍にいた。

そんな、大好きなメノウのためにならない甘えた憧（あこが）れに甘んじた自分が許せない。

後輩を名乗って一歩引いて立ち止まったからこそ、メノウの心を助けることができなかったのだ。

だから半年前にメノウの願いを聞いたのは、同時に自分に下した罰でもあった。

一度、離れるべきだと思ったのだ。

「ここで、先輩に勝って、あなたを救います」

強くなるために。

今度こそ、メノウを助ける自分になるために。

モモは、世界で一番の相手と相対した。


気乗りが、しなかった。

メノウは意識の焦点が戦闘に合わないことを自覚しながら相手を見つめた。

桜色の髪をした、小柄でかわいらしい少女だ。彼女の名前は、さっき知った。

モモ。

苗字（みょうじ）を持たない彼女は神官だ。

モモは自分の後輩であるらしい。

自分が、どうして、なんのために彼女と戦う必要があるのだろうか。

明確な脅威を前にして、ここまで集中力を欠いた状態でいるのは、初めてかもしれない。メノウはけだるい動きで太ももから短剣銃を引き抜く。

彼女と戦うことと、ハクアを倒すことに、なんのつながりがあるだろうか。

なにもない。

無意味な戦いだ。

「やめない、戦うのは」

「やめません、戦うのを」

憂いを含んだメノウに、はっきりとした答えが返ってくる。

「私は、あなたに勝つんです」

「頑固ね。私なんかに勝つ意味なんて、ないわよ」

「あります。勝てば、道が拓けるんです。あなたを助けるための、道が」

「誰かを倒して進む道なんて……歩いても、いいことないわ」

「道は道です。時には力ずくだって必要です」

「……そうね」

メノウも、そうやって道を歩いてきた。

真っ赤に染まった、バージンロードを。

「私ってね……悪いこと、し続けたのよ」

「……」

「世界のためにって教わったから、そうしていた。憧れていた人が、そうだったから」

「導師(マスター)ですね」

「そう、だったかな。でもいまは、友達と一緒にいたいだけなの」

「私は、あなたの友達を殺すことになるのかもしれません」

「……そっか」

「それだけの、覚悟でここにいるんです」

静かに、メノウは顔をうつむける。

無駄だ、と言いそうになった。

思いが強かろうが、現実は強固で揺らがない。事実として、メノウだって強かった思いを忘れてしまっている。

大切だったはずの、目の前の少女のことを。

「私ね……この体を、アカリに明け渡そうと思ってるの」

記憶を消失させたメノウの体に、アカリが宿る。メノウは入れ替わりでアカリの体に入る。

【時】の純粋概念をすべて引き受けたメノウの魂がアカリの体に入り、塩と変わる。

そうすれば、純粋概念から解放されたアカリが残る。

悪くない結末だと思うのに、目の前の少女は怒りを目に浮かべていた。

「星崎陋乃から、あなたがそうすると聞いた時の私の気持ち、わかります？」

「……ダメ？」

「ダメです」

お願いだから自分のことなんて諦めろ、なんて言おうして、やめた。

なんという無意味な言葉だろうか。

メノウだって、諦めろと言われて諦めたことなんて、ないのだ。

アカリが人災(ヒューマン・エラー)になっても諦めずに旅をしているのだ。彼女を助ける手段があるはずだとあがき続けたのだ。廼乃に『塩の剣』を無効化する方法などないと断言されても道を探ったのだ。

そうしてここまできて、とうとうアカリを救済する道筋が立った。

自分を説得できない言葉で誰かに説教しようなど、相手のことを見下しているに等しい。

メノウと同じように、道を塞ぐ彼女にだって信じるものがあるのだ。

「その通りね」

二人は向き合った。

互いに、信じる者のために。

消耗しきった少女と、まだ希望を目に残す少女。

「来なさい」

彼女の名前を忘れてしまったメノウの瞳に、冷たい殺意が宿った。

導力光の燐光が弾けた。

常人だと目で追うのも難しいほどの高速機動。同時に地を蹴った二人の距離が瞬きの間に消失する。

「がッ」

悲鳴を上げたのは、モモだった。導力強化をした体で真っ直ぐ突っ込んだ彼女に、メノウが容赦のない肘打ちを放った。

短剣ばかりを警戒していたモモは回避も防御もできなかった。ロクに反応すらできず、肘で顎をカチあげられた衝撃で、モモの喉から変な声が出る。

通常ならば脳が揺らされて、一撃でノックダウンは免れない。下手をすれば死んでもおかしくない危険な一撃だ。

だがありあまる導力で肉体を強化していれば話は別だ。衝撃に顔をしかめながらも、モモの意識は途切れなかった。

モモは勢いをつけて足を振り上げる。至近距離の反撃に、メノウの動きは冷徹だった。

短剣の刃先を蹴りに合わせて受けた。

「ッ！」

蹴りを止めることもできず、刃が足首を切り裂く。痛みよりも先に、熱さを感じる。常人なら悲鳴を上げてのたうち回る傷を受けて、モモはまなじりを決する。

だが戦意だけではメノウを止めることなどできない。

「遅い」

『導力：接続――短剣・紋章――発動【疾風】』

短剣に導力が流されて紋章魔導が発動するまでは、コンマの秒間でしかなかった。

正面から吹き付ける突風に、ふわりとモモの足裏が浮く。両足が地面から離れた状態だ。体を支える支点がなければ、人体の機動力は激減する。

メノウの手が伸びた。宙に浮いたモモには、避ける手段がない。とっさに振り払おうとするが、胸元を摑まれた。

メノウが手首をひねった。

モモの体が回転する。天地が真逆になって、空が見える。メノウの腕が、後頭部からモモを地面に叩き落とす。

「――ッ!!」

今度は声すら出せない。

強烈な投げ落としを極めながら、メノウの動きは止まらない。ブーツの靴底がモモの眼前に迫る。なんとか地面を転がり回避した。

強い。戦闘技術で圧倒されている。だが、モモもまだ本気ではない。

モモの纏う導力光が、一段、明るくなった。

動きが、変わった。思考が明瞭になる。モモの能力が進化する。冷たく冴えた精神。感情のたかぶりを理性で制御しながら、熱く脈打つ思いを拳に握りしめる。

ミシェルといたことで、彼女の導力強化はより洗練された。

目に、爛々(らんらん)たる導力光が宿る。

モモの四肢が舞った。当たれば肉が潰れ、骨が砕ける。続けざまに放った猛攻は、ことごとく空を切った。メノウがモモの攻撃を誤差なく見切って、一歩、前に出た。

メノウの短剣銃がモモに向けられる。純粋概念を放つ銃口には、警戒を怠らなかった。ほぼ反射でモモはメノウの武器を蹴り上げた。

短剣銃がメノウの手から宙に跳ね飛ばされる。

そこまでが、モモを動かすためにメノウが撒いた餌だった。

モモのつま先が短剣銃に当たる直前に自分の武器を手放したメノウの双掌が、モモの胸板を打った。

「うぐっ！」

息が詰まった。肺に響いた衝撃に呼吸が阻害される。メノウの手元に、くるくると回転する短剣銃が戻る。

『導力：接続――短剣銃・紋章――発動【迅雷】』

紋章魔導による雷が、モモに直撃した。

「ぁ――――んんぅ！」

遠のきそうになった意識を、下唇に八重歯を突き立てて無理やりつなぎとめる。口の中に鉄の味が広がる。【迅雷】を受けて意識を失わなかったモモに、メノウが目を細めた。

「気絶したほうが、楽になるわよ」

あまりにも余計なお世話だ。きっとにらみつける。モモが目元に涙を浮かべて悔しげに叫ぶ。

「どうして、先輩はそうなんですかっ」

「どうして……？」

「いつも真っ先に自分を犠牲にするっ。なんで、自分が助かろうとしないんですか⁉　修道院にいた時だって！　どうでもいい奴らのために処刑人になるって決めたっ。先輩くらい強かったら、他になんにでもなれたのに！　どうしてわざわざ苦しい道ばっかり選ぶんですか⁉」

「うるさいっ！」

叫び声が、メノウの口をついて出た。

思わぬ反論にモモが息を呑む。彼女が知っているメノウならば、こんな反応は絶対にしない。

あの程度の言葉で感情をむき出しにするなど、あまりもメノウらしくない。

「うるさいうるさいうるさいっ。昔のことなんて知らない！　なんにも！」

だというのに、目の前のメノウは漏れ出した感情の抑えを効かせることもなく、次々に身勝

手な言葉を吐き出す。

「もう、私にはわからないの！　なんにも!!　過去のことが思い出せないっ。半端な既視感ばっかり残ってる！　自分の感情がなんにも自覚できないっ。それが、どんな気持ちか知らないくせに――私が、なんにでもなれたって!?」

メノウが頭突きを叩き込む。駄々をこねた子供のような動きでありながら、すさまじい威力だ。一撃でガードが弾かれる。続けざまに振るった足が、モモの胴体にしたたかに打ち付けられた。

「私はもう、なんで自分が戦ってるのかすら、わかんないのに……なんになれって言うのよ」

いまのメノウは目的を叶えるために戦っているのではない。

目的を定めて戦うことで、どうにかしてメノウは自分を支えているのだ。

「気が、おかしくなりそう……ははっ。いや、違うかな」

自嘲したメノウが、ぺっと口内に溜まった唾液混じりの血を吐き出す。

「私は、もう、とっくにダメになってるかな……ねえ、教えて」

儚くつつけば壊れてしまいそうな笑みを浮かべて、モモに問いかける。

「あなたから見て、私はまだ『メノウ』なの？」

モモは呆然と立ち尽くした。

モモの胸中に、言葉にできない感情が渦巻く。どうにかして、いまの万分の一でも気持ちを形にするために台詞を絞り出す。

「なんで……そこまで、先輩が一人で進まなきゃいけなかったんですか」

「他に、なにも残っていない」

記憶を失って、選択肢をなくして、費やせるものが自分の身一つになった。

「だから、戦うしかないの」

それだけの話だと告げるメノウの言葉に、納得なんてできるわけがなかった。

「そんなの、許しません」

「許されたいなんて、思わないわ」

罪を重ねてきた。人を殺してきた。自分は地獄に落ちる。罰を受けて許されるためではなく、許されないために道を進む。そんな咎人の罪状に、目の前の少女の思いを踏みにじるという大罪が加わるだけだ。

きっとメノウがそんな風に考えているだろうことを、モモは正確に見抜いていた。

どうしてその気持ちを、メノウはモモと共有しようとしないのか。モモには、それがもどかしくて悔しくて腹立たしくてならない。

『導力：接続――短剣銃・紋章――発動【導枝】』

銃剣から生えた枝がメノウの腕に絡みつく。肉体と同化した導力の枝が抑圧されたメノウの感情を代弁するかのように暴れた。のたうち回る【導枝】がモモの四方を取り囲んで動きを止める。

そして、メノウは指鉄砲でモモに狙いを付けていた。

「でも……ありがとう、モモ」

勝利を確信したメノウは微笑んで、彼女の名前を呼ぶ。

『導力：接続――不正接続・純粋概念【時】――』

避けきれない。回避できる空間が、事前に導力の枝で埋められている。モモの胸に焦燥が募る。ここで純粋概念の魔導を食らったら、防げない。

「私のために必死になってくれて、ありがとう」

勝負がつく直前だからこそ、メノウは心からの感謝をモモに告げた。

『発動【停止】』

銃口から放たれたのは、この世界で生まれた人間が保持することなどできるはずがない【力】だった。

時が停止する。凍りつくよりも冷ややかに、メノウから放たれた導力光に触れた世界が静止する。

【停止】が命中するより先に、ぶちん、とモモの堪忍袋の緒が切れた。

「ふざ、けんなぁああああ！」

怒りにタガが外れる。導力が過剰に溢れる。グリザリカで暴れた以来、それ以上の怒りだ。

「私はですねぇっ！」

モモから漏れた過剰な【力】が拳に集まる。導力光で輝く拳打が、メノウの放った【停止】と衝突した。

「お礼を言われるために必死になってるわけじゃ、ないんですよぉ！」

純粋概念の魔導【停止】がモモの拳で砕かれた。

メノウが瞠目する。

ミシェルが【風化】を無効化したのと同じ現象だ。あふれ出る導力で世界に自分を拡張させたモモが、爛々と輝く一対の瞳でメノウを見据える。

「先輩。あなたのすべてを、私が許します」

モモが、全力で手を払った。

十分に間合いが開いていたはずなのに、メノウが吹き飛ばされる。

受け身をとって起き上がった彼女が、驚愕の面持ちでモモを見る。

さすがにミシェルほどではない。だが純粋な才能でミシェルに追いすがるなど尋常ではない。

小さな【龍】となったモモが糸鋸を取り出してキャリーケースをつなげ、ハンマーを振り下ろす。破壊の轟音が響いた。地面が粉々になって陥没する。拡張した攻撃の範囲を読み切れず、メノウが攻撃に巻き込まれる。

「自分が犠牲になることで、許されると思ってるんですか。誰かを助ければ、罪滅ぼしになるんですか。アカリを助ければ、満足な人生だと思ったんですか。――そんなくだらないこと、二度と口にしないでください」

地面にバウンドして空中に浮いたメノウの胸倉を、モモが摑んだ。

「怖いんですよね」

メノウに気持ちを、モモが語る。

「先が見えないことが不安で、一人でいることが寂しくて、なにをすればいいのかわからなくて絶望しそうになってるんですよね。そんな時に、先輩は――私を頼っていいんです」

この段になってモモの力が膨れ上がった。逆にメノウは精彩を欠いていた。とっさに相手の腕を押さえようとした右手はモモの腕章をむしっただけで、逆に手首を摑まれた。

「苦しい時、つらい時、迷った時、どうしようもないと思った時。あなたの居場所になるのが、私です」

右手を外そうとするメノウの抵抗を、モモが押し切る。キャリーケースから糸鋸を取り出し、メノウの両腕を拘束する。

「私が先輩を許せることを証明するために――勝ちますよ、私は！」

モモの死角で、メノウが手首のスナップだけで短剣を投げる。読み切っていたモモの糸鋸が【固定】を発動してメノウの短剣を弾き飛ばす。

「先輩が生きることを、先輩が諦めようがッ」

モモが絶叫する。勝利を引き寄せるため、自分の覚悟を知らしめるため。

「私がッ、先輩が生きることを諦めません‼」

最後の、一手。糸鋸にがんじがらめにされながらも、まだ動く指先に造った【導杖】の銃口から、メノウは加速した弾丸を放った。

純粋概念の速度を持つ弾丸に、モモがメノウへと振り下ろした白い箱の側面が砕ける。

中身になにが詰まっていようと、貫通できるはずだった。

【停止】がかかった物体でも入っていない限りは。

「うえ？」

キャリーケースの中に入っていたのは、アカリだった。

あまりに予想外だったのか、メノウが変な声を出した。

自分のことは忘れたくせに、アカリのことは覚えているらしい。プラスされた怒りが、アカリハンマーを振り下す勢いに加わる。

「ちょ」

【停止】のかかったアカリを武器に使うというトンデモ戦法に、メノウが硬直してしまう。

バカらしく見えて、意外なほど効果的だ。なにせ【停止】のかかった魔導は、あらゆる物理現象を跳ね除ける。

つまり、すごく固い。

体育座りをしているアカリの頭が、メノウの頭上に振り下ろされる。
二人の頭頂が、思いっきり、ぶつかり合った。

六章　始動

およそ半年前。

星崎廼乃（ほしざきのの）と出会った後にモモが考えたのは、アカリとメノウ、その両方を助ける方法だ。

「星崎廼乃は、先輩がアカリを助けるために、自分の肉体を譲り渡すと予言しました」

メノウはアカリを助けることを優先するだろう。その意思を踏みにじってメノウを助けたとしても、アカリを犠牲にしてはメノウが傷つく。渋々ながら、モモにはその予測を認めるだけの度量があった。

「だから二人とも助ければ文句がないと思うんですよ」

「ほうほう」

相談相手は、三原色の魔導兵、アビリティ・コントロールだった。

星崎廼乃の予言に従って北大陸の中央部に来てみれば、『絡繰り世』を囲む白夜の結界がほころんだ空間の穴から抜け出した一体の魔導兵がいたのだ。

幻想的なほど美しい、青い蝶々。

人間と同じ大きさの蝶の姿をした魔導兵が、機械的な音声で返答する。

「それって私に、なんの関係があるの？」

故郷が欲しいと語るアビィが問いかける。そのために必要な要素となる『妹』が生まれた気配を察して、彼女はいち早く『絡繰り世』を抜けて人類の住まう世界に飛び出した。

「アカリを助けるために協力すれば、私もお前に協力してやります。取り急ぎ、こいつの隠し場所にお前を使いたいですね」

「協力するのにやぶさかじゃないけど、そのメノウちゃん？　とやらのいる場所はわかる？」

「聖地から出て……ちょうど、この辺りですね。でも合流できますか？　街中で人を探すのは、かなり困難ですよ」

「ある程度の範囲まで近寄れば、気配でわかるよ。妹ちゃんは、特殊だから」

地図を取り出して、とある街を示す。メノウの思考回路からして、モモが指差した街で合流できるはずだ。

「星崎廼乃の予言について、どう思います？」

「信ぴょう性はあるかな。確かに、永久機関の種になる気配は感じたから」

星崎廼乃は、モモに対して近い未来に起こることについての情報を与えた。

「問題はさ。『絡繰り世』に干渉するための儀式場が必要なんだよね」

永久導力機関による世界移動というアビィの話はモモの常識からすると、だいぶ遠大だった。

「儀式魔導の使い手に、一人だけ心当たりがあります」

「ほんとっ？」

フーズヤードだ。モモの目から見て、変態的ともいえる儀式魔導の技術を持つ人物である。

いま彼女は、ミシェルと一緒にメノウを追いかける異端審問官になっているはずだ。それに合流して誘導すれば、アビィと時期を合わせて『絡繰り世』に儀式場をつくる展開にできる。

「私がそいつを『絡繰り世』に引っ張って儀式場をつくるように仕向ける代わりに、提供して欲しいものがあります」

モモはアカリの肉体が『塩の剣』の浸食から脱するために必要なものを、アビィに告げる。

「んー、そうだね……それを使う人の分析に時間をもらえれば、造れるよ」

モモの要求を聞いたアビィは、そう難しいものでもないと請け負った。

互いに互いが必要とする要素につながっている。悔しいが、星崎廼乃はこれを見越していたのだろう。

「協力しましょう、アビリティ・コントロール」

「うん。お願いね、モモちゃん」

そうしてモモとアビィは、自分たちの居場所のために、協力関係を結んだ。

◆

勝った。

モモは会心の勝利に拳を握った。【回帰】の自動発動は死亡が条件だ。下手に殺さず、意識を刈り取るのが勝利への近道なのである。

だが、これで終わりではないことをモモはわかっていた。

「……負けたのね、私」

早くも意識を取り戻したのか。仰向けになっているメノウが、呆然と呟く。

「でも、もう手遅れなのよ」

一房だけ残っていたメノウ本来の髪色が、徐々に黒く染まる。モモに向けて撃った【停止】で限界だったのか。もはや逆らいようもなく、メノウの体が純粋概念に蝕まれる。

「手遅れになんかさせないって、まだわかってくれないんですね」

モモが動く。まず素早く視線を向けたのは、トキトウ・アカリだ。

【時】に固定されていたアカリの姿勢が、崩れた。

メノウとアカリは、相互の導力接続をすることで魂の経路をつなげた。メノウの精神が摩耗する分、アカリの存在がメノウを侵食して顔を出すこととなった。

メノウは、それを承知で純粋概念を使った。

自分の体を、アカリに明け渡すためだ。

メノウがその計画に踏み切る覚悟を固めたのは、星崎廼乃からの一言がきっかけだ。

――『塩の剣』の効果を解除する方法はない。

【星】の純粋概念を持つ彼女が断言したことで、メノウはアカリの肉体を救うことを諦めた。事前に選択肢として用意していた、自分自身の体をアカリに明け渡すという計画を実行した。

だがそんな真似を、モモが黙って見過ごすわけがない。

モモがメノウとアカリを一緒に助けるには、メノウが一度、人災（ヒューマン・エラー）となるほど追い込まれる必要があった。ミシェルとメノウが戦うように誘導したのも、モモ自身がメノウと戦ったのも、そのためだ。

モモはメノウの腕を掴んだまま、アカリの手を握る。メノウとアカリ、二人の間をモモが繋いでいる形だ。

そして、両方にモモが導力を流した。

『導力：接続（経由・モモ）――トキトウ・アカリ――精神・魂――』

導力の、人体接続。よほど信頼している者同士でも、神経を鉋（かんな）で削るかのような痛みを伴う行為だ。ましてモモとアカリだ。信頼関係すらおぼつかない。

「私は、お前のことが、大っ嫌いですけどッ」

拒絶反応による激痛にさらされたモモは、奥歯を砕かんばかりに噛みしめる。

「それでも、先輩を助けたいって気持ちは――他の誰よりも、信頼してやってるんです!!」

導力が、接続した。

　モモが、メノウの肉体に移りつつあったアカリの精神を、自分の肉体に引き寄せる。モモの肉体に、他者の精神が入り込むたとえようもない不快感と痛みが走る。

「こ、のッ程度ぉ……！　お前と話してるときのムカつきに、比べれば!!　屁でもないです！」

　常人なら一瞬で正気を失う意識の混濁を、渾身の精神力で耐え抜いてアカリの肉体へと流し込む。

　成功した。メノウの髪の色から黒が抜ける。体を支配しつつあったアカリが、元の肉体に戻った。

　だが、まだだ。

　塩の剣が突き刺さってから続いていたアカリの時間停止が解けたのだ。

【時】の概念は人災（ヒューマン・エラー）となったメノウに宿っている。【時】の純粋概念がいまのアカリの体を守る必要がなくなるのだ。

　アカリの胸に刺さった塩の破片が、侵食を始める。【星】の純粋概念を持つ廼乃をして、止める手段がないと言わしめた塩化が始まる。

　モモは、ためらわなかった。

　アカリの胸元（むなもと）に手を突っ込む。止める手段がないのならば、最小限のうちに終わらせてしまえばいいのだ。

　指で皮膚を破り、肉に食い込ませ、迷わず彼女の心臓ごと塩の刃を取り出した。

モモが放り捨てた肉片が、空中で塩に変わった。

塩の侵食は絶対だが、切除すればその範囲を塩化するだけで終わる。

からん、と塩の刃の破片が地面に落ちる。肉片だった塩が宙に散る。

アカリを蝕む塩の侵食は止まった。

だがモモがアカリに与えた傷は、あきらかな致命傷だ。心臓の半分を抉り出され、大量の血が吹き出す。

一般的な魔導に、人の傷を癒すものはない。純粋概念は例外だが、モモに行使は不可能だ。

これではアカリが塩になって死ぬか、出血多量で死ぬかの差でしかない。

だが治癒はなくとも、欠損した肉体を補う魔導技術は存在する。

モモは半壊したキャリーケースから、赤い導器を取り出した。

アビィがミシェルを巻き込む精神魔導を発動させる直前に受け取ったものだ。

人体に適合する導力義体——その心臓だ。サハラが付けていたような導力義肢と比べ、内臓機能の代行は極めて高度であり、人体へ適合させる調整も困難を極めるが、この模造心臓に関しては問題がないという確信がモモにはあった。

なにせ半年という時間をかけ、アカリの肉体を預かっていたアビィが彼女の体を分析して適合するように調整して造った、専用の模造心臓だ。

モモはぽっかりと空いたアカリの胸部に、それをはめ込んだ。

アカリのために造られた原色概念の心臓は、あふれ出る血潮すらも吸い取って、欠損部に適合した。傷つきながらも残っていた本物の心臓と融合して遜色のない鼓動を打ち、血管と結合して血液を循環させアカリの生命をつなげる。もともと心臓を丸ごと取り換えるつもりだったため、余剰分でモモが抉ったアカリの骨肉の補修も始める。

ほう、とモモは安堵の息を吐く。

これで、アカリは大丈夫だ。胸元に多少の傷は残るだろうが、命には別条ない。

モモは致命傷から脱したアカリの胸元に、メノウが持っていた教典を置く。

この教典の中には、アカリの記憶が情報として保存されている。

導力の相互接続でメノウが共有していたアカリの記憶。半年前にメノウは、その記憶をモモが持っていた教典に流し込んだのだ。いつかアカリが目を覚ました時、いつでもモモが彼女の記憶を戻せるように、保険をかけていた。その教典を、モモは遺跡街でアビィを経由してメノウに返した。メノウへの純粋概念の侵食具合を確認して、自分が持つより【回帰】が自動発動するメノウの手元にあったほうが安全だと判断したからだ。

教典からアカリの体へと、記憶が移動していく。アカリの肉体と記憶、両方の問題は解決した。放っておけば目を覚ますはずだ。

アカリの救済を終えたモモは、後ろを振り返る。

ここからは、モモにとっても賭けだ。

メノウの記憶を、取り戻さなければならない。

そうでなければ、メノウが人災（ヒューマン・エラー）になってしまう。いいや、最悪、人災（ヒューマン・エラー）になってもいい。後で記憶さえ補充することができれば、メノウをもとに戻すことはできるのだ。

焦るモモの前で、メノウの体から導力光があふれ出す。すでにメノウの精神は摩耗しきっていた。アカリの精神と魂は、先ほどの導力接続で元の体に戻っている。それでも、純粋概念はメノウの体に宿っていた。

モモは祈るような思いでメノウを見つめる。

メノウを構成する要素を埋め尽くした【時】は、その体が心の奥底で望んでいた時に針を合わせるため、世界に干渉する時間魔導を展開する。

『導力：接続――不正定着・純粋概念【時】――発動【世界回帰】』

いつかのあの時に向かって、巨大な時計の針が、逆行を開始した。

その【世界回帰】は、不完全だった。

理由は定かではない。発動の媒体となったのが、召喚された異世界人の体ではなかったからか。考察ならいくらでもできるが、二度と起こらないだろう現象を議論するほど無駄なこともない。

結果として起こったのは、人災（ヒューマン・エラー）となるはずの素材の消耗だ。

人災となったはずのメノウの体が、みるみるうちに老いていく。十代の少女の瑞々しさが失われ、百を超えて肉体が萎れていき、骨だけが残る。

世界を巻き戻して回帰しようとする【時】の負担で、メノウという肉体が失われるのにかかった時間は、わずか数分だった。

だがその数分の回帰は、大きく世界を変えた。

幾度も【世界回帰】にさらされ、限界を超えてひび割れていた千年の結界を打ち壊したのだ。

メノウというなり損ないの人災が起こしたたった数分の【世界回帰】は、二つの巨大な結界に最後の一押しになる負荷を与えた。東部を隔離していた白夜の結界を消し去り、南方の海を包んでいた霧の結界を霧散させ、そして――。


――トキトウ・アカリは目を覚ました。


「あれ？」

アカリの記憶は、一人の少女と出会ったところで途切れている。メノウとよく似た顔をしているのに、仄暗く、なにより悲しい目をしていた少女だ。

彼女によって、自分の記憶が消されたはずだ。いま起きるまで何度か夢を見た気がするが、その記憶も潮が引くようにあっという間に遠ざかっていく。

「えぇっと……うん。大丈夫。わたしは西彫学園高校、一年三組の時任灯里です、っと」

ちゃんと記憶がある。

だが、と眉を顰(しか)める。

いまいる場所は記憶とは異なる。明らかに塩の大地とは違う場所だ。

なんとなく、自分の胸元に手を当てる。服が破けている。少し肌に違和感がある。大きな傷がふさがったような痕がある。どれも心当たりがない。つながらない記憶に不安が湧く。きょろりと周囲に目を走らせて、見知らぬ風景に自分が知っている少女がいることに気がついた。

「モモちゃん？」

この異世界で出会った、小憎たらしい友人だ。知り合いがいるという心強さに顔を明るくして、彼女のもとに駆け寄る。そして、異常に気がついた。

うらやましいくらい小さくほっそりしていて、ムカつくくらいに一途でかわいらしく、ちょっと尊敬しそうになるくらい行動力があって、いつも生意気で口が悪い彼女が、泣いていた。

「え⁉　ど、どうしたの？　モモちゃん、どっか痛いの？」

「失敗、しました……」

モモはアカリには目もくれず、白骨化した遺体の手を握って、ぼろぼろと涙を流す。

「失敗って、なんの話⁉　なんで泣いて……ていうか、わたし、全然状況がわかってないんだけど！」

「でも、他に、手段がなかったんです」

さっぱり事情がわからない。

まるで説明する気のないモモに戸惑いながら、視線を移す。

モモが手を握る白骨化した遺体の服装に、どこか見覚えがあった。

「……え？」

まさかと思った。だって自分の記憶とは、少し違う。アカリの記憶にある彼女は、いつだって神官服を着ていた。

だが、他にモモが涙を流す理由が思いつけなかった。

「嘘、もしかして、この、人……」

声に出すのも恐ろしかった。

けれども、確認しないという選択肢はなかった。

「メノウちゃん、なの？」

モモが、頷いた。

「うそだ！」

肯定されてしまった予想に、絹を裂くような絶叫が喉から迸った。

「そんなわけないっ。それが……！」

白骨を見て、息が詰まる。

「……その人、が。メノウちゃんだなんて、あるわけ――」

「うるさい！」

モモの怒鳴り声が、アカリの言葉を吹き飛ばした。

「先輩は、人災（ヒューマン・エラー）になったお前を助けるために、こんなっ……！」

「ひゅー、まん、えらー？　わたしが……？」

「そうですよ‼」

涙を止めることも、拭うこともしない。感情をまったく隠さず堪えることもせずに垂れ流すモモの言葉に、アカリは事の経緯の一端を摑む。

セーラー服の少女に記憶を消されたあの後に、自分は人災（ヒューマン・エラー）となったのだ。

「で、でもどうしてメノウちゃんが、こんな……骨になんて、なっちゃうのさ！」

「お前と導力接続なんて、したせいです。魔導的に同一になったせいで、先輩の魂に純粋概念を移すことが、できてしまったんですよっ」

モモが怒りと悔恨に歯嚙みをする。その説明で、アカリにもメノウが自分の純粋概念を引き受けたことが理解できてしまった。

「それで人災（ヒューマン・エラー）になるまで自分を酷使したんです。だけど、失敗、しました……人災（ヒューマン・エラー）になっても、記憶さえ、戻せばって……思っていたのにぃ」

本当に、他に方法がなかったのだ。

メノウがアカリの代わりに【時】の純粋概念を背負うと決めた瞬間から、彼女の救いはなくなった。いままでメノウが殺し続けた異世界人たちのように、メノウも避けようのない死に向かっていった。

だからモモは、一度、メノウが人災(ヒューマン・エラー)になる可能性を許容した。

「なのに、なの、にぃ……！」

結果、異世界人ではなかったせいか、あるいはクローン体という生まれのせいか。メノウの肉体が純粋概念の暴走に耐えきれず、人災(ヒューマン・エラー)になることすらできなかった。

肉体が純粋概念【時】に耐え切れずに風化して、服を纏った真っ白な骨となって転がっている。マヤの時のように、生きた体に記憶を戻す機会さえ、失われた。

「そ、んな……」

メノウに関して、モモがこんな冗談を言うはずがない。

モモの態度に、まざまざと思い知らされる。目の前の白骨は、メノウなのだ。

「あっ、だ、大丈夫だよ、モモちゃん！」

「近寄んな……」

「わたしが【回帰】を使えばいいんだよ！」

「おまえ、もう、どっか行けよぉ……」

力ないモモの暴言にも構わずに、アカリは指を立てて集中する。

【時】の純粋概念は死を超越する。それは何度も何度も蘇(よみがえ)ったアカリ自身が証拠だ。

だが、いままでは呼吸と同じように行使できた魔導構成が、まったく浮かんでこなかった。

「あれ……?」

アカリが【時】の魔導を行使できたのは、あくまで魂に【時】が定着していたからだ。それがなくなったいまとなっては、彼女は普通の一般人と大差ない。いまのアカリがメノウを甦らせるなど、夢のまた夢だということを、モモは承知していたのだ。

【時】の純粋概念は、人災(ヒューマン・エラー)となって自滅した。もう、この世界に純粋概念として存在していない。純粋概念は、人災(ヒューマン・エラー)となった迷い人が死ぬことで魔導概念として世界に偏在するようになる。これからこの世界には、時の魔導系統が発見されて緩やかに発展していくはずだ。十年後か、百年後か、はるか未来に。

つまり、いま、メノウを甦らせる方法はない。

「なんで……」

自分の無力さに打ちのめされたアカリは、力ない動きでふらっとメノウの遺骨に歩み寄る。骨だけとなった成れの果てが、あれほど美しかった少女とは思えない。

「なんでっ……!」

涙腺に、熱が込み上げる。

ただ、悲しいのではない。悔しさ、不甲斐(ふがい)なさ。勝手に逝(い)ってしまったメノウへの怒り。

自分を助けるために、メノウがこうなってしまった。

彼女を犠牲にして助かって、自分が喜ぶと思っていたのだろうか。いいや、アカリにもわかっている。アカリが嫌がろうが怒ろうが、メノウはアカリを助ける選択をした。

それが、メノウという、アカリのかけがえのない親友だ。

どうしようもなく自分勝手にアカリを助けた彼女の頭蓋骨の頬に、両手を添える。涙を浮かべ、顔を近づける動きをモモは止めようとしなかった。

「メノウちゃんの、ばか」

涙を流したアカリが、白骨に口付けを落とす。

「……あ」

唇がメノウに触れて、アカリは気がついた。メノウの白骨に、自分から失われた【時】の残骸が宿っている。

純粋概念を宿した体は、死体でも魔導素材となるのだ。他でもない、メノウから聞かされたことである。そして純粋概念は人災(ヒューマン・エラー)が消えると、その世界に魔導として偏在することになる。

つまり、一般的な魔導として行使できるようになるのだ。

もちろん、通常ならば既存の魔導体系に組み込むのには長い時間がかかる。だがアカリは誰(だれ)よりも【時】の魔導を体感した元人災(ヒューマン・エラー)で、メノウの遺骨は【時】の人災(ヒューマン・エラー)の成れの果てだ。

魔導行使者と対象者。どちらもが【時】の純粋概念に誰より近づいて、お互いが魔導的に同一なのだ。本来あり得るはずのない二つの条件が、まだこの世界に存在していなかった最初の時間魔導を生み出すきっかけとなる。

『導力：素材併呑――』

アカリが、目を閉じる。自分の額を、白骨の額に当てる。意識を集中する。自分がかつて無意識に行使していた【力】。それを意識する。

『遺骨・擬似概念【時】――』

感性と理論を同時に働かせる。純粋概念ではない。それを、この世界に当たり前に存在する魔導現象として組み立てるために、脳みそがゆだりそうになるほど回転させる。必死に汲み上げて紡いだ魔導理論に魂から引き出した導力を乗せて展開する。

『発動【不正回帰】』

人災(ヒューマン・エラー)になりかけたメノウの遺骨を魔導素材にして、この世界で最初の純粋概念ではない時間回帰が発動した。

真っ白な遺骨が、紫の導力光に包まれる。

白骨が、蘇っていく。筋肉が、血管が、逆再生していく。それとほぼ同時に、空を覆うほどの巨大な導力樹が砕けた。ミシェルのものだった膨大な導力を糧(かて)にして魔導現象を起こし、メノウの胸元に置いてあった教典に経路を結んで、とある情報を再生させる。

「これは……」

モモが、空を仰ぐ。アカリによる、メノウの肉体の復活だけではない。他の場所でメノウを救うための、もう一つの魔導を発動した者がいる。

「アビリティが――いえ、他にも……？」

小さくモモが呟く傍らで、皮膚まで再生したメノウが、まぶたを開く。一度、戸惑うように瞬きをした。眠気を振り払うように頭を振って、目の前にいるアカリを見る。

「アカリ？」

目が覚めたメノウが、一番にアカリの名前を呼ぶ。次に視線を動かし、驚愕に息を止めているモモを見る。

「モモまで……あら？」

不思議そうに、手を開いて握る。

動ける。生きている。記憶もある。モモのこと、アカリのこと、ミシェルとの戦い、この半年の旅、そこからさかのぼる人生と、導師（マスター）と出会った、あの時まで。

「え？　どういうこと？」

自分の計画にはまったくなかった自分の救いにほうけるメノウに、二人は同時に抱きついた。

「メノウちゃん！　バカバカバカぁっ」

「先輩ぃ！　ほんっとうに、今回ばかりはモモも、お、怒りますよぉ……！」

わんわんと号泣して、自分を罵る二人に、メノウは目を白黒させることしかできなかった。


儀式魔導によって消費された導力の大樹が消えていく。

ミシェルたちが造った儀式場の中心にある教会で、マヤはぽつりと呟く。

「メノウの記憶、ちゃんと戻ったかしら」

ミシェルとメノウの戦いから離れたマヤと我堂は、ここに移動していた。

メノウがミシェルに勝利した時に発生した、導力の大樹。その膨大な導力を見て、我堂が言ったのだ。

【龍】に比肩するあの導力があれば、物質世界を超えた魂の世界にまで干渉して記憶を再構築できるかもしれない。だからマヤの記憶を補充しないか、と。

それを聞いて、マヤはその方法でメノウに記憶を補充してくれと我堂に頼んだ。

我堂蘭の本人格の代用をするために、本人格と長らく経路をつなげていた我堂だからこその発想だった。もともと我堂は、魂の世界にいる我堂蘭と接続をする魔導理論は組んでいた。彼女とて、本人格にとって不要になった自分を切り離してほしかったのだ。

必要な莫大な導力が足りていなかったが、そこに発生したのがミシェルの導力樹である。

魂の世界から記憶を引き出す必要な要素は揃ったと思いきや、『絡繰り世』消失とともにモ

ノリス内部の世界のほとんども消えてしまったため、発動媒体が足りなくなった。魂の世界に干渉する魔導に耐えうる儀式場がないということで行き詰まっていた時に飛んできたのが、小さな青い蝶々だ。ほとんど素材を失って人型も保てなくなった彼女が、ミシェルたちの造った儀式場の存在をマヤたちに伝えた。

アビィの案内でミシェルたちが造った儀式場にたどり着き、巨大に成長した導力樹を使って我堂が自分の本人格と経路を確立させ、魂の世界から引き出した記憶をメノウの持っていた教典に注ぎ込んだ。

「結局、どういうことなの？」

そんな一連の流れを知らず、さっき目を覚ましたサハラが疑問の声を上げる。彼女の認識だと、ギィノームに襲われてから先の記憶がない。そんな下僕をマヤは半眼で眺める。

「サハラって、肝心な時にいいとこなしよね」

「ねえ、マヤ。この謎の浮遊物体はなんなの？　わけわかんなくて怖いんだけど」

「我堂よ。あたしの友達。恥ずかしがり屋だから顔出しNGなの」

「顔を出すとか出さないの問題じゃ……ああ、でも上にとまってる青い蝶、お洒落ね」

「あ、それはアビィね。あたしも、そっちのほうが好きだわ」

「へー？」

「ところで、サハラ……頭、大丈夫？」

「いきなりなに、その失礼な質問」

あらゆる事情がわかっていないサハラは、マヤの質問に怪訝(けげん)な顔をする。

ミシェルたちが用意した儀式魔導によって、サハラの腕の中にあるらしい無限空間に『絡繰り世』の大半は収納された。残ったのは我堂のモノリスを形成する狭い部屋と、素材を消費しすぎて小さな蝶々しか端末で動かせなくなったアビィだけだ。

その過程でどんな異常が出てもおかしくないのだが、マヤが見たところ平気そうである。

「とりあえず、メノウたちと合流を……」

ここにいても仕方ないと、腰を上げた時だ。見知った顔が教会に入ってきた。

「やあ、サハラ君。それにマヤ君も一緒か」

「……カガルマ？」

現れたのは『盟主』カガルマ・ダルタロスだ。サハラが彼の名前を呼ぶ。

もともと『第四(フォース)』と呼ばれる無形の犯罪集団を取りまとめていた大人物である。紆余曲折を経てグリザリカ王国にいた時のサハラたちと一緒に滞在していた。

「どうしてこんなところにいるの？　もしかしてこのあたり、グリザリカ寄りの場所？」

「お別れを、言いに来たんだ」

サハラの問いに対して、カガルマが一方的にそんなことを言う。

「お別れ？」

「ああ。私はね、千年前も死に場所を探していた。でも同時に、怖くて怖くてたまらなかったんだ。死んで、この世になくなることが怖かった」

「別にいいんじゃない？　死ぬの、怖いもの。それより、メノウがどこにいるのか知らない？」

「違うんだ。無為に死ぬのが、怖かったんだ。私には子もなく、信頼できる人間もおらず、ただ、金だけがあった。だから不死の実験なんてものに投資して、グリザリカ財閥に協力した」

見事に後半の問いかけを無視したカガルマが、かつんと杖(つえ)をつく。

「逆を言えば、私は世界にとって有意義になれるのなら、いつ死んでも構わなかったのさ」

カガルマは、サハラから視線を外してマヤへと語りかける。

「マヤ君。南の『万魔殿(パンデモニウム)』が解放されたよ」

マヤが愕然(がくぜん)とする。いまのマヤの前身、記憶を失って人災(ヒューマン・エラー)となった、最悪の【魔】の純粋概念の集合体。世界を滅ぼせる魔物の群れの主が、万魔殿(パンデモニウム)だ。

「有限を食い尽くす彼女を放置すれば、世界はまさしく混沌に陥るだろう。……さて、諸君」

『盟主』カガルマ・ダルタロスはうさんくさい笑みを浮かべた。

「この世界の危機を前に、私がどうしてここに来たのか、君たちにわかるかい？」

どこまでも信用できない笑みを浮かべるカガルマの影が、原罪魔導の気配を漂わせていた。

メノウたちから少し離れた場所で、おぞましい気配がした。

原罪魔導が行使された。しかも、なにを召喚したのか判断ができないくらいに巨大でおびただしい気配が、世界に這い寄ってくる。

「これは……ちょ、二人ともいい加減離れなさいって！」

「やだぁ！」

「いやですぅ！」

人の心を押し潰す原罪魔導の気配にも負けず、モモとアカリの二人はメノウに引っ付いたままだ。離したらメノウが自殺するんじゃないかと思っていそうな抱き着きっぷりである。

「確かに心配させたわねっ。ごめん！　本当に悪かったと思ってるけど、いまは――」

「ミシェルは、負けたのか」

聞き覚えのある声が背後で響く。メノウが振り返ると、赤みの強い金髪をたなびかせる女性がいた。

「アーシュナ殿下？」

「そしてカガルマも、覚悟を決めた。時代の変化を感じるな。千年続いた悪運の持ち主どもも、次々と途絶えていく」

メノウの呼びかけに答えず緩く喋るアーシュナの背後には、一人の騎士がたたずんでいる。

「『星骸（せいがい）』、『万魔殿（パンデモニウム）』、『塩の刃』、『絡繰り世（からくりよ）』。すべてがこの地に揃（そろ）った。千年の因縁がようやく終わるが……ここがお前の望んだ決戦場なのかな、廼乃よ」

「お前……」

　ようやくメノウの胸元から顔を上げたモモが眉根を寄せた。

「姫ちゃまじゃないですね。誰ですか？」

　遠い目をしていたアーシュナは口端を持ち上げて笑った。

　モモの瞳に敵意が宿る。自分に向けられた悪感情に、アーシュナが側の騎士の名前を呼ぶ。

「エクスペリオン」

　彼が、一歩前に出た。腰にある剣の柄に、エクスペリオンと呼ばれた男が手を添える。メノウはとっさに二人を突き飛ばした。エクスペリオンが、右手がかすむ速度で抜刀した。抜き打ちの軌道を先読みして、メノウは刃が衝突して噛み合うはずの位置に短剣を構える。

　メノウの短剣の刃が、斬り飛ばされた。柄を握った手にほとんど衝撃を感じなかった。メノウは柄の根本から分離した短剣の白刃を、戦慄とともに見送る。

「腐っても大陸最強の騎士だぞ、そいつは」

　アーシュナの体をした誰かが、からかうように告げる。

　ミシェルとは、まったく質が異なる剣だ。対応できるはずの動きに対応した動きを、綺麗に裏切られた。力ではなく、技術が人の域を超えている。

「じきにハクアもここに来る。私としては、ハクアを含めた五つがまとめて片付くなら干渉は控えてやってもいいと思っている。……永久機関は惜しいがな」

大陸最強の騎士を従えている彼女は、アーシュナではない。肉体は同じでも、精神が違う。

ハクアのことを知って、その行動まで把握しているとなれば正体は明白だ。

「【防人】……!」

「そう睨むな。少し表に出ているだけだ」

アーシュナの体で微笑んだ【防人】が、メノウの殺意を嗜める。

「あと百年あれば、『絡繰り世』から我堂の肉体を乗っ取って、本人格を支配できたはずなんだがなぁ。魂の世界に人を送り込んで、肉体と魂の経路を絶たれてしまうと、私とて干渉できなくなってしまう。わかるか? 廼乃は、我堂を私から守るためだけに、お前らを動かしたんだ。あいつも友達思いだよ。私のことは嫌いなくせにな。……ほら、あれを見ろ」

唇を尖らせたアーシュナ――【防人】が、遠くを指差す。その方向を追って、メノウは最悪な現象を目撃する。

立体感を喪失させるほど真っ黒で、山ほどもある巨大な扉だ。魔物が押し合いへし合い重なり合って潰れ合い、巨大で黒色の扉を形成している。

「さて。まず『万魔殿』だ」

先ほどメノウが感じた原罪魔導は『万魔殿』の本体を召喚した魔導だったのだ。

「あれがこの世界をどうするか、一緒に見物でもするか?」

【防人】が指差す先で、無尽の【魔】を秘める扉が、開こうとしていた。

聖地を発って、アビィと出会うまでのわずかな期間のことだ。

メノウは自分の人生を振り返っていた。

最初は、記憶を書き留めるためのものだった。純粋概念を得た自分は、これから記憶を失っていく。自分自身が殺害した異世界人と同じ境遇に陥るのだ。

罪もない彼らを殺し続けた罰、というにはあまりにも軽いか。なくなってしまうからこそ、自分の人生を書き記すという作業に没頭していた。

だが文字に記すことで、自分の気持ちも不思議と整理されていった。

自分の歩いてきた道は、赤いばかりの道だと思っていた。

けれども、改めて見てみると、こうも思うのだ。

「意外と、悪くないわね」

そして一番の直近である聖地での別れ際、メノウはモモの耳元に囁いていた。

——あなたは、無理をしないでね。

自分のために、彼女の人生を費やす必要はない。そう伝えたという事実を書こうとして、ペンを止める。

「これ、モモって逆に頑張りそうね」

煽るつもりはなかったのだが、結果的にそうなりそうである。となると、とモモの行動を予想して手帳に書き記そうとして――やっぱり、やめた。

「どうせ私のことだし……正直に、伝える必要はないわね」

客観的になって、わかった。

自分はきっと、自分を助ける救いの手を拒否する。その予想は確信に近かった。

少し考えて、書き足す。

モモに、自分の記憶喪失を悟られないように。

うん、と頷く。いかにも自分が書きそうなことだ。記憶をなくした自分は抵抗するだろう。助けなんて求めず、また自己犠牲に逃げるはずだ。

だからこそ、素直に過去の自分の言うことなんか聞くはずがない未来の自分になど忠告はしない。むしろ、自分を騙す必要がある。自己犠牲では届かない先にたどり着くために頼るべきは、未来の自分ではない。

だから、世界で一番信頼する相手に、自分の未来を託す。

「モモなら、私のことを助けてくれるわよね」

ささやかな企みと絶対の信頼を胸に、メノウは自分のリボンに触れて、微笑んだ。

あとがき

こんにちは、佐藤真登です。

本作をお手にとっていただき、誠にありがとうございます。

「処刑少女」も、九巻目になりました。いよいよ二桁を目前として、シリーズの佳境に入っています。

始まりあれば終わりあり。広げた風呂敷を畳む物語の「詰め」には、いつもさみしさを感じます。それでもメノウたちが歩んだ先にあるべき結末にさみしさなんて吹き飛ばすような満足感を得られることを信じて、書き進めていきます。

そしてこのあとがき！　作家になった当初はあとがき書くのに憧れてましたけど、あれですね！　報告する近況もネタもないというか、そんなもんあったらX（旧ツイッター）に書き散らすご時世だから書くことに困る!!　ということで感謝に移ります！

イラストレーターのニリツさま。

いつもいつもありがとうございます。美麗なイラスト、素敵な構図、楽しいキャラの表情。自分では決して生み出せない自分のキャラたちの形を楽しませていただいています。

編集担当のぬるさま。ＧＡ文庫が基本的に担当交代ない制度でよかったなぁと思います。心から。

このシリーズは多くの関係各位の方々のお仕事を経由して一冊の本になっています。

そうして最終地点である読者の皆さま方の手に届いたことを、心より感謝させてください。

改めて、ありがとうございました！

次巻のあとがきでお会いしましょう！

ファンレター、作品の
ご感想をお待ちしています

〈あて先〉

〒105－0001
東京都港区虎ノ門2-2-1 住友不動産虎ノ門タワー
SBクリエイティブ（株）
GA文庫編集部 気付

「佐藤真登先生」係
「ニリツ先生」係

本書に関するご意見・ご感想は
右のQRコードよりお寄せください。

※アクセスの際や登録時に発生する通信費等はご負担ください。

https://ga.sbcr.jp/

処刑少女の生きる道（バージンロード）9 —星に願いを、花に祈りを—

発行　2024年1月31日　初版第一刷発行

著者　佐藤真登
発行人　小川　淳

発行所　SBクリエイティブ株式会社
〒105-0001
東京都港区虎ノ門2-2-1 住友不動産虎ノ門タワー
電話　03－5549－1201
03－5549－1167（編集）

装丁　AFTERGLOW

印刷・製本　中央精版印刷株式会社

ISBN978-4-8156-2514-6
Printed in Japan　GA文庫